POUR LA VIE

STASSI & GOUPIL

POUR LA VIE

Dessins : Claudio Stassi
Scénario et dialogues : Jacky Goupil

casterman écritures

Mille mercis à Nadia, pour sa confiance, son écoute, ses conseils et son soutien constants pendant l'écriture de cette histoire ; à Vincent, pour sa patience et son œil de lynx ; à Sylvia, pour ses nombreuses lectures de mes « petits vieux » et à Fernand et Édith, pour leur si belle histoire d'amour.

Cette histoire est dédiée

à mes parents,

et surtout à toi, mon amoureuse, *pour la vie*.

JG

www.casterman.com

ISBN 978-2-203-02498-4

Achevé d'imprimer en mars 2011 en Italie par Lego. Dépôt légal : avril 2011; D.2011/0053/345.

IL EST 16 H 45 SUR RADIO INFO, LES TITRES DE CE JOURNAL.

SOCIAL : EN RAISON DE LA GRÈVE NATIONALE LANCÉE PAR LA CGT ET FO, LE TRAFIC A ÉTÉ FORTEMENT PERTURBÉ AUJOURD'HUI SUR L'ENSEMBLE DU RÉSEAU SNCF...

ÉCOLOGIE : C'EST AUJOURD'HUI LA JOURNÉE MONDIALE DE L'ENVIRONNEMENT, DONT LE THÈME EST CETTE ANNÉE « DES VILLES VERTES, UN PLAN POUR LA PLANÈTE ! ». C'EST À SAN FRANCISCO QUE SE DÉROULERONT LES PRINCIPALES CÉLÉBRATIONS...
VROOOM

DANS UN PEU MOINS D'UN MOIS SE DÉROULERONT LES 8 CONCERTS ORGANISÉS PAR L'ASSOCIATION LIVE AID QUI FÊTERA À L'OCCASION SES VINGT ANS. PRÈS DE 200 ARTISTES SONT ATTENDUS DANS LES PAYS MEMBRES DU G8...
VROOOM
DE PINK FLOYD À U2, EN PASSANT PAR SNOOP DOG ET MADONNA...
TU PARLES, C'EST PAS EN FRANCE QU'ON AURA MADONNA ! NOUS C'EST AMEL BENT OU TINA ARENA...
C'EST PAS LE MÊME GENRE...
C'EST TOUJOURS NOUS QU'ON A LES RINGARDS !
J'AIME BIEN TINA ARENA, ELLE EST JOLIE.
ON LUI DEMANDE PAS D'ÊTRE JOLIE, ON LUI DEMANDE DE CHANTER !
UN KAMIKAZE S'EST FAIT EXPLOSER CE MATIN, AVEC SON CAMION-CITERNE, DANS UNE STATION-SERVICE DE BAGDAD. LA VIOLENCE DE L'EXPLOSION S'EST FAIT ENTENDRE DANS TOUTE LA VILLE.
SAMU 94
VROOM
ON DÉPLORE PLUS D'UNE CENTAINE DE MORTS ET AUTANT DE BLESSÉS...
SAMU
IL M'A SERVI ÇA AVEC DES PETITES PATATES SAUTÉES DANS LA GRAISSE DE CANARD, JE TE JURE, À EN MOURIR TELLEMENT C'ÉTAIT BON.
VROOOM
J'EN AI REPRIS TROIS FOIS, J'EN POUVAIS PLUS...
J'ADORE ÇA LE MAGRET...

IL TOURNE À GAUCHE...
J'AI VU, J'AI VU...
... EH BIEN MERCI ALAIN CHABAT DE NOUS AVOIR SI BIEN PARLÉ DE CE « PAPA » QUE VOUS JOUEZ DANS LE FILM DE MAURICE BARTHÉLÉMY, SORTI JE LE RAPPELLE, DANS LES SALLES, MERCREDI DERNIER.
ALAIN CHABAT, IL EST TROP BON DANS *BRICE DE NICE* !
VROOOMM
C'EST PAS ALAIN CHABAT DANS *BRICE DE NICE*, C'EST JEAN DUJARDIN, T'ES NUL TOI !
ACCIDENT DRAMATIQUE CE MATIN SUR LA LIGNE LYON-SAINT-GERVAIS. DEUX OCTOGÉNAIRES SE SONT JETÉS SOUS LES ROUES DU TER.
JEAN DUJARDIN ?! N'IMPORTE QUOI ! ET POURQUOI PAS ALAIN DELON ?!
TU PARIES ?
SAMU 94
VROOOM
VROOM
L'ACCIDENT SE SERAIT PRODUIT EN DÉBUT DE MATINÉE. SUR PLACE, DES INFORMATIONS DE NOTRE CORRESPONDANT LOCAL, JEAN-LOUIS BRAVIER.
NON, NON, JE PARIE PAS AVEC TOI, TU GAGNES TOUJOURS !
TU VOIS, ÇA PROUVE QUE C'EST JEAN DUJARDIN !
QUE SAIT-ON EXACTEMENT DE CET ACCIDENT, JEAN-LOUIS ?
CASSÉÉÉÉÉ !
JEAN-LOUIS, VOUS M'ENTENDEZ ? JEAN-LOUIS ?
SAMU
VROOM
VROOM
VROOM
GARE-TOI LÀ !

APPAREMMENT NOUS AVONS DES PROBLÈMES POUR JOINDRE NOTRE JOURNALISTE... JEAN-LOUIS ?
OUI AGNÈS, JE VOUS ENTENDS, VOUS M'ENTENDEZ ?
EH BIEN NON, NOUS NE PARVENONS PAS À JOINDRE NOTRE CORRESPONDANT...
SI, SI, AGNÈS, JE VOUS ENTENDS TRÈS BIEN. AGNÈS ?
JE LES AI VUS DANS LA LIGNE DROITE, JE TROUVAIS D'AILLEURS QU'ILS ÉTAIENT BIEN TROP PRÈS DES VOIES, JE L'AI DIT À CAROLINE...
CAROLINE ?
C'EST MA LOCO, CAROLINE. ÇA FAIT DIX ANS QUE JE ROULE AVEC ELLE, VOUS DIRE SI ON SE CONNAÎT !
AH...
CAROLINE A BALANCÉ UN COUP DE KLAXON, JE LEUR AI FAIT SIGNE DE S'ÉLOIGNER, MAIS TU PARLES, ILS POUVAIENT PAS ME VOIR, J'ÉTAIS BEAUCOUP TROP LOIN...
À QUELLE DISTANCE ?
À 140 KM/H, LA DISTANCE, ÇA CHANGE VITE... 40 MÈTRES À LA SECONDE, VOUS IMAGINEZ ?
À QUELLE DISTANCE ?
TROIS QUATRE CENTS MÈTRES... LE TEMPS QU'ILS GRIMPENT SUR LA VOIE, IL RESTAIT À PEINE 200 MÈTRES !
SUR 200 MÈTRES, CAROLINE PEUT PAS S'ARRÊTER !
À CETTE VITESSE, AVEC QUINZE VOITURES AU CUL, CAROLINE, IL LUI FAUT 800 MÈTRES, MINIMUM. ALORS VOUS PENSEZ, 200 MÈTRES, ÇA FAIT PAS UN PLI...
20 ANS QUE JE CONDUIS, C'EST LA PREMIÈRE FOIS QUE ÇA M'ARRIVE UN TRUC PAREIL !

ILS REGARDAIENT VERS VOUS QUAND ILS SONT MONTÉS SUR LES VOIES ?
VERS MOI, NON... ILS REGARDAIENT CAROLINE...
QUELLE HISTOIRE !
ILS MARCHAIENT COMMENT ? VITE ? LENTEMENT ?
VITE ET LENTEMENT...
COMMENT ÇA ?
ILS ONT FAIT VITE MAIS... CALMEMENT. JE SAIS PAS COMMENT VOUS EXPLIQUER ÇA... EN UN RIEN DE TEMPS, ILS ÉTAIENT SUR LA VOIE ET, POURTANT, ILS M'ONT DONNÉ L'IMPRESSION DE PRENDRE LEUR TEMPS...
UN COLLÈGUE VA VENIR PRENDRE VOTRE DÉPOSITION COMPLÈTE.
VOUS AURIEZ PAS UN CALMANT, UN TRUC COMME ÇA, PARCE QUE LÀ, MOI, ÇA PALPITE LÀ-DEDANS...
J'AI TROUVÉ UN PORTEFEUILLE !
ILS RÉSIDAIENT AUX COQUELICOTS. FAUT PRÉVENIR LE DIRECTEUR !
JE M'EN OCCUPE !
POLICE

DANS CE GENRE DE MORT, AU MOINS, ON EST QUASI SÛR QU'ILS N'ONT PAS SOUFFERT...
POLICE
LE CHAUFFEUR DU TRAIN DIT QU'IL ROULAIT À 140 KM/H...
IL EST COMMENT, LE CHAUFFEUR ?
À CETTE VITESSE-LÀ, CONTRE UNE VOITURE, TU PEUX ARRIVER À T'EN SORTIR, MAIS AVEC UN TRAIN, ÇA PARDONNE PAS !
BIEN CHOQUÉ, ON DIRAIT. IL APPELLE SA LOCOMOTIVE "CAROLINE" !
JE VAIS DEMANDER L'INTERVENTION D'UNE CELLULE PSYCHOLOGIQUE.
IL PARAÎT QU'UN TRAIN QUI PERCUTE QUELQU'UN C'EST COMME UNE VOITURE QUI RENTRE DANS UNE CANETTE.
BOUM !
ILS AVAIENT 80 ANS TOUS LES DEUX.
L'ÂGE DE MES PARENTS ! PUTAIN, J'AIMERAIS PAS QU'ILS FASSENT UN TRUC PAREIL !
PARLE PAS DE MALHEUR !
C'EST QUI ÇA ?
VROOOM
C'EST RAMBIER, LE DIRECTEUR DES COQUELICOTS.
IL A PAS TRAÎNÉ !

... DEPUIS UN AN ET DEMI... ILS SONT ARRIVÉS AUX COQUELICOTS DANS LE COURANT DE L'ÉTÉ DERNIER. UN COUPLE TRÈS AGRÉABLE, TRÈS SYMPATHIQUE, JE N'ARRIVE PAS À CROIRE QU'ILS AIENT PU FAIRE ÇA...
VOUS CONNAISSIEZ BIEN LES VICTIMES ?
OUI ET NON. JE CONNAIS MES PENSIONNAIRES DANS LA MESURE DE CE QU'ILS VEULENT BIEN ME CONFIER...
CERTAINS SONT BAVARDS ET VOUS RACONTENT TOUS LEURS PETITS SECRETS. D'AUTRES SONT PLUS DISCRETS.
ET LES VICTIMES, QUELLE CATÉGORIE ?
LA CATÉGORIE DISCRÈTE. C'EST PAS QU'ILS NE SE CONFIAIENT PAS, HEIN, C'EST PAS CE QUE JE VEUX DIRE... ILS FAISAIENT PARFOIS DES CONFIDENCES, MAIS ILS ÉTAIENT PLUTÔT RÉSERVÉS...
VOUS PARLIEZ SOUVENT AVEC EUX ?
SI VOUS VOULEZ SAVOIR S'ILS ME CONFIAIENT LEURS PROBLÈMES, EH BIEN NON. ILS NE SE PLAIGNAIENT PAS. PAS MÊME DE LEURS PETITS BOBOS.
DES PROBLÈMES DE SANTÉ ?
UN PEU DE TENSION, DES RHUMATISMES, DE LA FATIGUE, RIEN DE MÉCHANT... ILS ÉTAIENT PLUTÔT EN BONNE SANTÉ POUR LEUR ÂGE. 80 ANS !
RIEN QUI PUISSE LAISSER PENSER QU'ILS AURAIENT VOULU SE SUICIDER ?
NON RIEN... ON A FÊTÉ LEURS CINQUANTE ANS DE MARIAGE IL Y A QUELQUES SEMAINES... ILS AVAIENT L'AIR TELLEMENT HEUREUX TOUS LES DEUX...
ET JE PENSE QUE MÊME MAINTENANT ILS SONT ENCORE HEUREUX...

LES COQUELICOTS
JOYEUX ANNIVERSAIRE !

... JOYEUX ANNIVER-SAIRE...
SMACK
Joyeux Anniversaire Fernand et Édith
... JOYEUX ANNIVERSAIRE FERNAND ET ÉDITH...
CLAP CLAP
CLAP CLAP
JOYEUX ANNIVER-SAIRE !
CLAP CLAP
CLAP CLAP
CLAP CLAP
BON ANNIVERSAIRE, FERNAND ! BON ANNIVERSAIRE, ÉDITH !
CLAP CLAP
CLAP CLAP
CLAP CLAP CLAP
SMACK
FUUUUUUU
FUUUUUUU
CLAP CLAP CLAP
CLAP CLAP
STUM
CLAP CLAP CLAP CLAP

MES AMIS...
UN DISCOURS, UN DISCOURS !...
CHUTTTTT !
J'AIME BIEN QUAND IL PARLE, LE DIRECTEUR...
TAISEZ-VOUS, LAISSEZ PARLER MONSIEUR RAMBIER !
RAM-BIER ! UNE CHANSON !
T'ES CON, PROSPER !

MES AMIS... RASSUREZ-VOUS, JE NE FERAI PAS UN DISCOURS INTERMINABLE...
... CAR J'EN CONNAIS UN QUI VA MOURIR DE FAIM AVANT QUE J'AIE TERMINÉ...
nd et Edith
SERVEZ PROSPER, IL A FAIM, LE PAUVRE !
PENSEZ-VOUS, IL EST GOURMAND, C'EST TOUT ! JE LE CONNAIS, VOUS SAVEZ, DEPUIS LE TEMPS QU'IL EST CHEZ NOUS !
CE QUE JE VOULAIS VOUS DIRE... ENFIN, CE QUE JE VOULAIS DIRE À MADAME ÉDITH ET À MONSIEUR FERNAND, C'EST QUE J'ÉTAIS VRAIMENT TRÈS HEUREUX QUE NOUS FÊTIONS LEURS 50 ANS DE MARIAGE, TOUS ENSEMBLE, ICI, À LA MAISON DES COQUELICOTS...
BRAVO !
CHUT !
J'AI PRESQUE FINI, J'AI PRESQUE FINI... ALORS EUH... OÙ J'EN ÉTAIS ?
AUX COQUELICOTS, MONSIEUR LE DIRECTEUR...
MERCI MADAME ODETTE !

VOUS SAVEZ, QUAND ILS SONT VENUS POUR LA PREMIÈRE FOIS AUX COQUELICOTS, JE ME SOUVIENS TRÈS BIEN DE CE QUE JE LEUR AI DIT...
VOUS SEREZ BIEN, ICI, VOUS VERREZ. SAINT-COLBERT EST UN VILLAGE TRÈS AGRÉABLE ET NOTRE MAISON A UNE EXCELLENTE RÉPUTATION, POUR SON CONFORT, SON CALME...
... ET LA GENTILLESSE DE SON PERSONNEL.
TOUT À FAIT !
IL M'A DIT LA MÊME CHOSE LA PREMIÈRE FOIS QUE JE SUIS VENUE !
... ET QUAND JE LES REGARDE AUJOURD'HUI, JE ME DIS QUE J'AVAIS RAISON :
ILS SONT TRÈS BIEN ICI !
C'EST POURQUOI JE VOUDRAIS LEUR DIRE, AU NOM DE TOUTE LA MAISON DES COQUELICOTS, QUE NOUS SOMMES VRAIMENT TRÈS TRÈS HEUREUX DE LEUR SOUHAITER...
... UN JOYEUX ANNIVERSAIRE DE MARIAGE !
JOYEUX ANNIVERSAIRE ÉDITH !
CLAP CLAP
CLAP CLAP
CLAP CLAP
CLAP CLAP
JOYEUX ANNIVERSAIRE FERNAND !
TU M'AIMES ?
POUR LA VIE...

OUI, JE LE VEUX !
OUI, JE LE VEUX !
JE VOUS DÉCLARE UNIS PAR LES LIENS DU MARIAGE.
VIVE LES MARIÉS !
CLAP CLAP, CLAP CLAP
CLAP, CLAP CLAP
CLAP
CLAP
CLAP CLAP
CLAP CLAP
CLAP CLAP
CLAP CLAP

ALORS, L'PÈRE ANDRÉ, ÇA FAIT QUOI DE MARIER SON FILS ?
L'EFFET DE VIEILLIR, PIERROT, L'EFFET DE VIEILLIR...
ET TOI, QUAND EST-CE QUE TU TE MARIES ?
RESTE LÀ, TOI !
QUAND J'EN AURAI TROUVÉ UNE AUSSI BIEN QU'ÉDITH !
ÇA, ELLE EST BIEN CETTE PETITE...
Y M'A PRIS MON SAC DE RIZ !
ON NE BOUGE PLUS !
UN PETIT SOURIRE...
VENEZ TOUS, VENEZ !
DÉPÊCHEZ-VOUS, Y FAIT SOIF !
JE BOIRAIS LA MER ET SES POIS-SONS !
TOUT LE MONDE EST LÀ ?
IL MANQUE LE PAPY !

ROBERT ! ON T'ATTEND POUR LA PHOTO !
LILY, VA CHERCHER PAPY, IL N'A PAS ENTENDU !
PAPY ! PAPY ! TU VIENS ?
T'AS VU COMME ELLE EST JOLIE LA FLEUR, LILY ?
ELLE SENT BON...
PAPYYYY !
VOUS M'APPELEZ ?
NON, PAPY, NON, ON NE T'APPELLE PAS... MAIS SI TU PEUX VENIR POUR LA PHOTO, ÇA SERA PARFAIT !

JE REGARDAIS LES ŒILLETS. ILS NE SONT PAS EN RETARD ICI !
VIENS LÀ, PAPY, TU JARDINERAS PLUS TARD !
C'EST TOUJOURS APRÈS TOI QU'ON ATTEND !
TU LES AS VUS, LES ŒILLETS ?
AH LÀ LÀ, LUI ET SES FLEURS !
CHUTT...
ON PEUT QUAND MÊME PARLER, ÇA SE VERRA PAS SUR LA PHOTO !
ON NE BOUGE PLUS !...
AH MON FERNAND !
ÇA Y EST CE COUP-CI, HEIN ? LA CORDE AU COU !
MON PETIT PIERROT, JE TE SOUHAITE DE TROUVER UNE CORDE AUSSI DOUCE QUE MON ÉDITH !
C'EST EXACTEMENT CE QUE JE DISAIS À TON PÈRE !
C'EST MOI QUE TU AURAIS DÛ ÉPOUSER ÉDITH !
DIS PAS DE BÊTISES !
SI VOUS VOULEZ BOIRE UN COUP, C'EST PAR-LÀ !

QUI VEUT DU GÂTEAU ?
SMACK
SMACK
CLAP CLAP CLAP CLAP
Joyeux Anniversa
Fernand
50 ANS ! C'EST BEAU DE S'AIMER COMME ÇA...
LE BON DIEU SAIT ÉCRIRE DE BELLES HISTOIRES D'AMOUR...
VOUS NE VOUS ÊTES PAS MARIÉS DEVANT DIEU ?
DÉSOLÉ DE VOUS DÉCEVOIR, ODETTE, MAIS LE BON DIEU N'Y EST POUR RIEN...
MAIS BIEN SÛR QUE SI, C'EST DIEU QUI DISTRIBUE L'AMOUR ! C'EST POUR ÇA, JE TROUVE DOMMAGE QUE LES PETITS NE SE SOIENT PAS MARIÉS À L'ÉGLISE.
QUAND MÊME, C'EST IMPORTANT...
EH BEN NOUS AVEC ANDRÉ, ON S'EST MARIÉS À L'ÉGLISE ET DEPUIS, ON N'Y A JAMAIS REMIS LES PIEDS ! ALORS ÇA VEUT DIRE QUOI ?
ÇA SE SAURAIT !
ON N'EST PAS OBLIGÉS DE PASSER DEVANT LE CURÉ POUR ÊTRE AMOUREUX.

HÉ BÉ POURQUOI LE CURÉ IL EST INVITÉ, ALORS ?
QUI ? JOSEPH ? J'ÉTAIS À LA COMMUNALE AVEC LUI ! C'EST PAS LE CURÉ, C'EST MON POTE !
IL EST QUAND MÊME CURÉ !
OH JOSEPH ! PARAÎT QUE C'EST TOI QUI DISTRIBUES L'AMOUR ?
LAISSE-LES SE DÉBROUILLER TOUT SEULS POUR ÇA, ILS N'ONT PAS BESOIN DE MOI !
S'APPELER JOSEPH QUAND ON EST CURÉ, C'EST PRÉDESTINÉ.
C'EST PAS UN CURÉ COMME LES AUTRES...
SI JE MEURS, JE VEUX QU'ON M'ENTERRE DANS UNE CAVE OÙ Y A DU BON VIN !
JE VOIS ÇA !

DANS UNE CAVE...
OUI OUI OUI !
CLAP
CLAP
CLAP
CLAP
CLAP
DANS UNE CAVE...
NON NON NON !
CLAP
CLAP
DANS UNE CAVE, OÙ Y A DU BON VIN !
VIVE LES JEUNES MARIÉS !
PLIN
JE T'ADMIRE, FERNAND ! 50 ANS, C'EST PAS RIEN !
MOI, J'AI PAS TENU PLUS DE CINQ ANS !
JE LUI AI DIT D'ALLER VOIR AILLEURS SI J'Y ÉTAIS ! ET SI J'Y ÉTAIS PAS, EH BIEN QU'ELLE Y RESTE !!
C'EST TROP COMPLIQUÉ, LES BONNES FEMMES !
LES BONNES FEMMES C'EST PEUT-ÊTRE COMPLIQUÉ, MAIS EN ATTENDANT, VOUS ÊTES TOUT SEUL !
VOUS AUSSI VOUS ÊTES TOUTE SEULE, VOTRE MARI IL EST MORT !
JE NE SUIS PAS TOUTE SEULE ! MOI AU MOINS, J'AI DES ENFANTS !
POUR LES VOIR TROIS OU QUATRE FOIS PAR AN, JE VOIS PAS L'INTÉRÊT !

POURQUOI VOUS ÊTES TRISTE, MADAME ODETTE ?
ALLONS, ALLONS, QU'EST-CE QUI NE VA PAS ?...
AAAH, ÇA... ÇA C'EST *ENCORE* VOUS, MONSIEUR PAUL-ÉMILE !
VOUS N'AVEZ PAS ÉTÉ GENTIL...
Joy
Fern
QU'EST-CE QUE VOUS AVEZ FAIT COMME MISÈRES À MADAME ODETTE ?
QU'EST-CE QU'IL VOUS A DIT ?
JE LUI AI DIT QUE DEPUIS QUE SON MARI ÉTAIT MORT, ELLE ÉTAIT TOUTE SEULE...
UN JOUR COMME AUJOURD'HUI ! VOUS ÊTES INFERNAL !
SI ON PEUT PLUS PLAISANTER !
ON PEUT PLAISANTER, MAIS PAS COMME VOUS LE FAITES ! VOUS SAVEZ BIEN QUE VOUS FAITES DU MAL...
C'EST TERRIBLE, CE CARACTÈRE !

BON ALLEZ, HEIN, C'EST LA FÊTE ! VOUS ALLEZ VOUS RÉCONCILIER.
50 ANS D'AMOUR, ÇA SE RESPECTE !
TU ME FAIS TOURNER LA TÊTE, MON MANÈGE À MOI, C'EST TOI... JE SUIS TOUJOURS À LA FÊTE, QUAND TU ME TIENS DANS TES BRAS...

JE FERAIS LE TOUR DU MONDE, ÇA NE TOURNERAIT PAS PLUS QUE ÇA...
... C'EST PRESQUE FINI, JE TE DIS... UN PEU DE PEINTURE À DROITE À GAUCHE, DEUX TROIS COUPS DE MARTEAU ET ON POURRA OUVRIR NOTRE BOUCHON !
TU VAS SAVOIR FAIRE ÇA, TOI ?... TENIR UN CAFÉ ?... TU SAURAS REMPLIR LES VERRES ?
LA TERRE N'EST PAS ASSEZ RONDE, MON MANÈGE À MOI, C'EST TOI !
POURQUOI PAS ?
PARCE QUE T'ES MÊME PAS CAPABLE DE REMPLIR LE MIEN ! HA HA HA !
N'EMPÊCHE, PFFFF, C'EST CREVANT COMME BOULOT ! ON FAIT DES HEURES ET DES HEURES...
JE POURRAIS PAS, MOI...
QUAND J'AI COMMENCÉ À BOSSER, DANS L'IMPRIMERIE, ON EN FAISAIT DES HEURES, ET C'ÉTAIT POUR TRIMBALLER DES KILOS DE CARACTÈRES EN PLOMB TOUTE LA JOURNÉE !
TU CROIS QUE C'EST MOINS DUR QUE DE SERVIR DES CANONS ?
DES CANONS... EN PLOMB !
HA HA HA !
JE N'AI PAS COMPRIS CE QUI ÉTAIT DRÔLE...
MOI NON PLUS !
IL A PAS UN PETIT PEU TROP BU, PIERROT ?

CET AIR QUI M'OBSÈDE JOUR ET NUIT, CET AIR N'EST PAS NÉ D'AUJOURD'HUI...
PADAM PADAM, JE L'ADORE, CELLE-LÀ !
IL VIENT D'AUSSI LOIN QUE JE VIENS, TRAÎNÉ PAR CENT MILLE MUSICIENS
VIENS DANSER, ÉDITH, VIENS !
J'AI DÉJÀ LA TÊTE QUI TOURNE...
ET SA VOIX COUVRE MA VOIX
VITE, LE REFRAIN ARRIVE !
PADAM... PADAM... PADAM...
IL ARRIVE EN COURANT DERRIÈRE MOI...
IL ARRIVE EN COURANT DERRIÈRE MOI...
PADAM... PADAM... PADAM...
PADAM ! PADAM ! PA-DAM !
IL ME FAIT LE COUP DU SOUVIENS-TOI...
PADAM... PADAM... PADAM...
PADAM ! PADAM ! PA-DAM !
CLAP CLAP CLAP CLAP CLAP CLAP CLAP
C'EST UN AIR QUI ME MONTRE DU DOIGT...
ET JE TRAÎNE APRÈS MOI COMME UN DRÔLE D'ERREUR
CET AIR QUI SAIT TOUT PAR CŒUR !

JE SAVAIS PAS QUE TU CHANTAIS SI BIEN, MON GARS !
NI SI FORT ! HA HA HA !
TU VAS FAIRE COMME ELVIS PRESLEY
QUI C'EST CELUI-LÀ, ENCORE ?
UN AMÉRICAIN, PAPA, IL CHANTE DU ROCK'N'ROLL !
OUH LA !
COMMENT TU VAS L'APPELER TON BOUCHON ?
ON SAIT PAS ENCORE...
PEUT-ÊTRE CHEZ FERNAND ET ÉDITH ?
CHEZ FERNAND ÇA SUFFIRA...
PAS QUESTION, C'EST NOTRE CHEZ-NOUS À TOUS LES DEUX !
ET CROIS-MOI, LES GENS VONT SE RÉGALER DANS NOTRE CANTINE !

VOUS ALLEZ EXPLOSER, AVEC TOUT CE QUE VOUS MANGEZ, MONSIEUR PROSPER !
MOURIR DE GOURMANDISE ? ALORS ÇA, ÇA ME PLAIRAIT !
NE DITES PAS DE BÊTISES...
SUR MA TOMBE, VOUS ÉCRIREZ : « ICI REPOSE PROSPER QUI A TROP MANGÉ DE CHOCOLAT !...
... TANT MIEUX POUR LUI ! »
OH !
SACRÉ PERSONNAGE MONSIEUR PROSPER, N'EST-CE PAS MONSIEUR FERNAND ?
ET POURQUOI PAS ?
POURQUOI VOUS APPELEZ TOUT LE MONDE « MONSIEUR » ?
« MONSIEUR FERNAND », ÇA ME FAIT PENSER AUX *TONTONS FLINGUEURS*, VOUS SAVEZ, LE FILM...
OUI... TRÈS BON FILM...
FORMIDABLE, VOUS VOULEZ DIRE !
QUAND VOUS DITES « MONSIEUR FERNAND », J'AI L'IMPRESSION D'ÊTRE LINO VENTURA...
« J'AI CONNU UNE POLONAISE QU'EN PRENAIT AU PETIT DÉJEUNER... »
HA HA HA !

MOI JE PRÉFÈRE BERNARD BLIER...
RAOUL VOLFONI, C'EST QUELQUE CHOSE...
J'M'EN VAIS LUI FAIRE UNE ORDONNANCE, ET UNE SÉVÈRE, J'VAIS LUI MONTRER QUI C'EST RAOUL.
AUX QUATRE COINS D'PARIS QU'ON VA L'RETROUVER ÉPARPILLÉ PAR PETITS BOUTS FAÇON PUZZLE...
MOI QUAND ON M'EN FAIT TROP J'CORRECTIONNE PLUS, J'DYNAMITE... J'DISPERSE... ET J'VENTILE...
LES TONTONS FLINGUEURS
ÇA C'ÉTAIT DU CINÉMA !
JE NE VOUS LE FAIS PAS DIRE, MONSIEUR FERNAND.
DÉCIDÉMENT, VOUS NE POUVEZ VRAIMENT PAS M'APPELER FERNAND, SANS AJOUTER « MONSIEUR » !
J'AI TOUJOURS APPELÉ MES PENSIONNAIRES COMME ÇA, MONSIEUR FERNAND...
MADAME ÉDITH, MONSIEUR PROSPER, MONSIEUR PAUL-ÉMILE... DEPUIS QUE JE SUIS LE DIRECTEUR DES COQUELICOTS... ET ÇA VA BIENTÔT FAIRE VINGT ANS ! J'AURAIS DU MAL À CHANGER...
MAIS VOUS SAVEZ, MÊME SI JE VOUS APPELLE MONSIEUR ET QUE JE VOUS VOUVOIE, JE VOUS ESTIME BEAUCOUP MONSIEUR FERNAND... FAUT PAS CROIRE...

À VOS 50 ANS !...
... DE MARIAGE ! PARCE QUE MES 50 ANS À MOI, ILS SONT LOIN !
J'ESPÈRE QUE MA FEMME ET MOI ON LES FÊTERA NOS 50 ANS DE MARIAGE !
VOUS EN ÊTES À COMBIEN ?
Joyeux Anniversaire Fernand et Èdith
CLIN
28 ANS ! Y A ENCORE DU CHEMIN À FAIRE, VOUS VOYEZ !
BIENTÔT 30 ANS, C'EST PAS MAL ! LES NOCES DE PERLE. VOUS AVEZ PRÉVU DE FAIRE LA FÊTE ?
CLIN
AVEC MA FEMME, ON Y RÉFLÉCHIT DÉJÀ, VOUS PENSEZ BIEN ! ON VA FAIRE ÇA SUR UNE PÉNICHE.
LE SOIR, ON PART DU PONT DE IÉNA ET ON NAVIGUE TOUTE LA NUIT SUR LA SEINE PENDANT QU'ON FAIT LA FÊTE. ET LE LENDEMAIN MATIN, ON EST ARRIVÉS À CONFLANS-SAINTE-HONORINE. C'EST BIEN FOUTU, NON ?
JE VEUX !
ON VOUS INVITERA AVEC VOTRE FEMME ET QUELQUES AUTRES PENSIONNAIRES DES COQUELICOTS...
... MAIS ON NE PEUT PAS INVITER TOUT LE MONDE, BIEN SÛR !
C'EST GENTIL...
BIEN SÛR !
AVEC FERNAND, ON NE S'EST JAMAIS QUITTÉS.
JAMAIS !... PAS UN SEUL JOUR EN 50 ANS !
C'EST BEAU !

VOUS VOULEZ QUE JE FASSE LE COMPTE ?
PARDON, MONSIEUR PAUL-ÉMILE ?
50 ANS, C'EST 18 250 JOURS ET 18 250 NUITS !
SANS COMPTER LES ANNÉES BISSEXTILES !
OH LÀ LÀ !
JE NE LES AI PAS VUS PASSER...
J'AURAIS CRU QUE ÇA FAISAIT PLUS QUE ÇA.
IL FAUT COMBIEN D'ANNÉES POUR ARRIVER À 20 000 ?
PRESQUE 55 ANS... 54 ANS, 9 MOIS ET QUELQUES JOURS...
C'EST PAS RIEN !
LE JOUR OÙ J'AI FAIT CE CALCUL, ÇA M'A AFFOLÉ !... 55 ANS...
QUAND ON A 25 ANS, ÇA PARAÎT INSENSÉ DE S'ENGAGER POUR SI LONGTEMPS...
ÇA DÉPEND POUR QUI...
C'EST PEUT-ÊTRE POUR ÇA QUE J'AI QUITTÉ MA FEMME... JE NE ME SUIS PAS VU M'EMBARQUER POUR UN DEMI-SIÈCLE AVEC ELLE...
EN TOUS CAS, VOUS DEUX, VOUS Y SEREZ DANS PAS LONGTEMPS AUX 20 000 JOURS...
OUH LÀ ! C'EST ENCORE LOIN...

C'EST TOUT DE MÊME MOINS LOIN QUE LE JOUR DE VOTRE MARIAGE !
ÇA C'EST SÛR !
JE VOUS L'AI DIT : 18 250 JOURS...
TU LES AS TROUVÉS LONGS, CES 18 250 JOURS ENSEMBLE ?
AH NON, MA BELLE, JE NE LES AI PAS VUS PASSER... AVEC TOI, LE TEMPS N'EST JAMAIS LONG.
ET TOI ?
MOI... OH, MOI...
JE SUIS PRÊTE À EN REFAIRE AUTANT À TES CÔTÉS.

ET UNE CAFETIÈRE ITALIENNE !
C'EST VRAIMENT BIEN CES CAFETIÈRES-LÀ...
MA BELLE-FILLE EN A UNE...
ET UNE COCOTTE MINUTE !
ALORS ÇA, IL PARAÎT QUE C'EST FORMIDABLE ! ÇA FAIT TOUT CUIRE EN UN RIEN DE TEMPS !
QUAND ON PENSE QUE LE GARS QUI L'A INVENTÉE N'A PAS EU LE DROIT D'ALLER AU SALON DES ARTS MÉNAGERS, L'ANNÉE DERNIÈRE !
AH BON ?
LE DIRECTEUR DU SALON TROUVAIT ÇA TROP MODERNE !
VOUS SAVEZ CE QU'IL A FAIT, L'INVENTEUR ? IL A EXPOSÉ SES COCOTTES DEHORS, DEVANT LE SALON, ET IL EN A VENDU DES TAS ET DES TAS !
JE COMPRENDS ! MOI AUSSI JE VAIS M'EN PAYER UNE.
VOUS VERREZ, UN JOUR, TOUT LE MONDE EN AURA !
REGARDEZ COMME ELLES SONT BELLES !
T'AS PAS INTÉRÊT À PERDRE LA BOULE ! HA HA HA !

T'AS VU ÇA, PIERROT ? MAINTENANT, C'EST PLUS POSSIBLE AUTREMENT, JE VAIS TOUJOURS GAGNER !
ON VERRA ÇA, ON VERRA ÇA !
SI ÇA SE TROUVE, AVEC TON CAFÉ, T'AURAS MÊME PLUS LE TEMPS DE ROULER LA BOULE !
T'EN FAIS PAS POUR ÇA... T'AS PAS FINI DE PAYER L'APÉRO ! HA HA HA !
LA FILLE DE JOIE EST BELLE, AU COIN DE LA RUE LÀ-BAS...
ELLE A UNE CLIENTÈLE, QUI LUI REMPLIT SON BAS...
VIENS FERNAND, CETTE CHANSON J'AI ENVIE DE LA DANSER AVEC TOI...
ELLE ÉCOUTE LA JAVA MAIS ELLE NE LA DANSE PAS, ELLE NE REGARDE MÊME PAS LA PISTE...
ÇA LUI RENTRE DANS LA PEAU, PAR LE BAS, PAR LE HAUT, ELLE A ENVIE DE CHANTER C'EST PHYSIQUE...
ARRÊTEZ !... ARRÊTEZ LA MUSI-QUE ! ...
HIP, HIP, HIP !...
HOURRA !
CLAP CLAP
CLAP CLAP
CLAP CLAP
CLAP CLAP
CLAP CLAP CLAP

HIP, HIP, HIP !...
HOURRA !
CLAP CLAP
VOUS N'EN AVEZ GARDÉ AUCUNE DES COUPES QUE VOUS AVEZ GAGNÉES AUX BOULES ?
BEN NON...
ON A TOUT DONNÉ... TOUTES NOS AFFAIRES...
C'EST DOMMAGE, ÇA FAIT DES SOUVENIRS...
ILS SONT LÀ, LES SOUVENIRS ! QU'EST-CE QUE TU CROIS, MON GARS, J'AI PAS PERDU LA TÊTE !
Le café
A' La Boule Lyonnaise
ET ALORS FERNAND, QU'EST-CE QUE TU FAIS ? TU LA LANCES OU TU LA LANCES PAS, CETTE BOULE ?

LAISSE-MOI LE TEMPS ! C'EST LE POINT. ET LE POINT, ÇA SE JETTE PAS À LA LÉGÈRE.
LÉGÈRE OU PAS, FAUT LANCER !
Le café A' La Boule Ly
L'ÉCOUTE PAS, FERNAND, PRENDS TON TEMPS, ON VA LA GAGNER...
MAIS JOUE DONC AU LIEU DE NOUS RACONTER TA VIE DEPUIS LES PREMIÈRES CROISADES !
REGARDE-LE, PIERROT, REGARDE-LE COMME IL EST PAS CONTENT.
IL SAIT QU'IL VA PERDRE, ÇA L'ÉNERVE !
MAIS NON, JE M'ÉNERVE PAS !
SI, TU T'ÉNERVES !
NON, J'TE DIS !
RIEN QUE QUAND TU LE DIS, LÀ, T'ES ÉNERVÉ !
J'SUIS PAS ÉNERVÉ !
TU PARLES ! REGARDE-TOI, T'ES TOUT ROUGE !
Y M'ÉNERVE !
QU'EST-CE QUE J'AVAIS DIT ? T'ES ÉNERVÉ !
GRRRR !
TE DÉCONCENTRE PAS ! JOUE...
AMATEUR !
OH BEN MERDE ALORS !
L'Écho du Soir
15 janvier 1957
Le président René Coty ne cédera pas.

QU'EST-CE QU'IL Y A, ENCORE ? TU JOUES AVEC LUI, T'ES CONTRE MOI, C'EST ÇA ?
Le café À La Boule Lyonnaise
ÉCOUTEZ ÇA !
HUMPHREY BOGART EST MORT HIER DES SUITES D'UN CANCER DE L'ŒSOPHAGE.
PUTAIN, CE CANCER, C'EST VRAIMENT UNE SALOPERIE !
OUAIS... MAIS BON... TOUT CE QU'IL PICOLAIT ET TOUT CE QU'IL FUMAIT, C'EN ÉTAIT AUSSI, DE LA SALOPERIE...
C'EST VRAI QUE CE MEC, IL AVAIT TOUJOURS LA CLOPE AU BEC ET LE WHISKY À LA MAIN !
ET SA FEMME, VOUS L'AVEZ VUE ? PUTAIN, LA BELLE PLANTE !
COMMENT QU'ELLE S'APPELLE, DÉJÀ... EUH... AH OUI, LAUREN BANCAL ! VOILÀ, C'EST ÇA, LAUREN BANCAL.

BANCAL ? C'EST TOI QUI EST BANCAL, OUI !
DES FILLES BANCALES COMME ÇA, T'AIMERAIS BIEN EN TROUVER UNE DANS TON LIT TOUS LES SOIRS !
C'EST LAUREN *BACALL*, HÉ, BÉCASSON !
BEN EN TOUS CAS, MAINTENANT, C'EST HUMPHREY QUI EST BANCAL !
HA HA HA !
HA HA HA !
L'Écho du Soir
15 janvier 1957
Le président René Coty ne cédera pas.

ET CELLE-LÀ, ELLE EST BANCALE ?
STUM
BINGO !

C'EST COMME ÇA QUE VOUS AVEZ GAGNÉ TOUTES VOS COUPES ?
BEUH NON, CORNIAUD, LES COUPES, C'EST DANS LES COMPÉTITIONS QU'ON LES GAGNE !
AU CAFÉ, ON GAGNE L'APÉRO !
C'EST COMME UNE COUPE, SAUF QU'ELLE EST PLEINE ! HA HA...
AH, D'ACCORD...
T'AS JAMAIS JOUÉ L'APÉRO AUX BOULES ?
BEN... NON...
C'EST PAS VRAI ?!!
T'ENTENDS ÇA, MON ÉDITH ? IL A JAMAIS JOUÉ L'APÉRO AUX BOULES ! JAMAIS !
EH BEN MON PAUVRE, TU SAIS PAS ENCORE GRAND-CHOSE DE LA VIE !

BUVEZ, BUVEZ, C'EST PAUL QUI RÉGALE !
IL RÉGALE MAIS IL RIGOLE PAS ! HA HA HA !
TU FAIS BIEN MARCHER MON COMMERCE, TOI !
QUAND TU SERAS RICHE TU M'OUBLIERAS PAS !
TU PENSERAS AUSSI À BIBI, PARCE QUE MES CAISSES, ELLES SONT VIDES !
TU VEUX DES SOUS ? SUFFIT DE DEMANDER !
ÉDITH TU PEUX DONNER UN LINGOT OU DEUX À PIERROT POUR LE DÉPANNER ? HA HA HA !
TU VEUX BOIRE L'APÉRO, MA BELLE ÉDITH ?
HE HE
OH NON, MERCI... FAUT QUE JE GARDE TOUTE MA TÊTE... MANQUERAIT PLUS QUE JE ME TROMPE DANS LES COMPTES !... DÉJÀ QU'IL N'Y A PAS BEAUCOUP DE SOUS...
ILS M'ONT ENCORE COLLÉ UN RAPPEL DE JE NE SAIS QUOI ! ... J'ARRÊTE PAS DE LEUR FILER DU FRIC !
PLUS JE TRAVAILLE, PLUS JE PAIE, C'EST PAS COMPLIQUÉ.
MOI PAREIL !
T'AS QU'À ARRÊTER DE BOSSER !
AH BAH NON ! QUI C'EST QUI VA NOUS SERVIR À BOIRE ?!

JE COMMENCE À SIX HEURES, JE TERMINE À MINUIT. DIX-HUIT HEURES PAR JOUR JE TRAVAILLE. AVEC LA RECETTE DU MATIN, JE PAIE LES IMPÔTS DU SOIR, AVEC LA RECETTE DU SOIR, JE PAIE LES IMPÔTS DU MATIN.
LE RESTE DU TEMPS, JE DORS ! TU PARLES D'UNE VIE !
À L'USINE, ON BOSSE QUE DIX HEURES, MAIS ALORS, ON A UNE TÊTE COMME ÇA !
LA NOUVELLE PRESSE QU'ILS ONT INSTALLÉE, ELLE FAIT UN DE CES BOUCANS !
RELANCER LE PAYS, RELANCER LE PAYS, JE VEUX BIEN, MAIS SI ON DEVIENT TOUS SOURDINGUES, JE VOIS PAS L'INTÉRÊT !
MOI AU MOINS, JE SUIS MON PROPRE PATRON. PERSONNE ME DONNE DES ORDRES !
FAUT VOULOIR, C'EST PAS PAREIL ! C'EST ÇA LA LIBERTÉ !
C'EST SÛR QUE C'EST BIEN... FAUT POUVOIR...
T'AS LA LIBERTÉ, MAIS T'AS PAS LE « SMIG » !
AH MERCI BIEN ! QU'EST-CE QU'ILS ONT PAS INVENTÉ LÀ ENCORE !
C'EST PAS MAL LE SMIG, NON ?
PAS MAL, PAS MAL, FAUT LE DIRE VITE !
AVEC CE SYSTÈME-LÀ, ILS PEUVENT PAS TE DONNER MOINS...
OUI, MAIS ÇA LES ARRANGE POUR PAS TE DONNER PLUS !
T'AS RAISON, FERNAND !
C'EST NOUS QUI TRAVAILLONS ET C'EST EUX QUI S'EN FOUTENT PLEIN LES POCHES !
AVEC MES IMPÔTS !
HA HA HA HA HA HA HA HA HA

JE T'AI DANS LA PEAU, Y A RIEN À FAIRE. OBSTINÉMENT, TU ES LÀ.
T'ES TOUJOURS DÉBRAILLÉ...
TU AS VU COMME ELLE PREND SOIN DE MOI ?
VOUS ÊTES UNE MÈRE, POUR LUI, MADAME ÉDITH...
J'AI BEAU CHERCHER À M'EN DÉFAIRE, TU ES TOUJOURS PRÈS DE MOI.
TU SAIS CE QU'ON VA FAIRE, MATHIAS ? JE VAIS CHERCHER MON JEU DE BOULES ET ON VA SE FAIRE L'APÉRO !
JE SUIS D'ACCORD !
TOI ? MAIS TU JOUES COMME UN PIED !
JE SUIS D'ACCORD... POUR L'APÉRO !!!
PAS AUJOURD'HUI, MONSIEUR FERNAND, ON NE VA PAS S'EN ALLER PENDANT VOTRE FÊTE !
C'EST COMME TU VEUX !
ÇA EMPÊCHE PAS DE BOIRE LE COUP !
DOUCEMENT MONSIEUR PROSPER, DOUCEMENT...
VOUS AUSSI, MONSIEUR FERNAND, DOUCEMENT...
TU CONTRÔLES MA CONSOMMATION ?
NON BIEN SÛR... MAIS LE CHAMPAGNE, HEIN, FAUT FAIRE ATTENTION...
C'EST PAS DU CHAMPAGNE, C'EST DE LA BLANQUETTE DE LIMOUX ! C'EST PAS PAREIL !
IL Y A DE L'ALCOOL QUAND MÊME !

L'ALCOOL TUE LENTEMENT MAIS JE M'EN FOUS...
J'SUIS PAS PRESSÉ !
HA HA HA !
TOUT VOUS FAIT RIGOLER, VOUS ?
TANT QU'ON RIGOLE ON SE MARRE, COMME DIRAIT L'AUTRE !
SACRÉ PROSPER !
VOUS SAVEZ CE QU'IL A DIT, LE COMIQUE, LÀ, LE MOUSTACHU...
ROLAND MAGDANE ?
GÉRARD JUGNOT ?
PAS ROLAND MAGDANE, LE PETIT GROS MARRANT, LE PÈRE NOËL QU'EST UNE ORDURE...
OUI C'EST ÇA, JUGNOT.
IL EN A EU UNE, ET UNE COMAK, MÊME !
IL N'A PLUS DE MOUSTACHE DEPUIS LONGTEMPS !
ET ALORS, QU'EST-CE QU'IL A DIT ?
QUI ÇA ?
EH BIEN GÉRARD JUGNOT ! VOUS PERDEZ LA TÊTE OU QUOI ?
IL A TROP BU.
MAIS NON, J'AI PAS TROP BU !
ALORS QU'EST-CE QU'IL A DIT ?
JE NE SAIS PLUS...

OUAIS, EH BEN, EN TOUT CAS, RIRE C'EST BON POUR LA SANTÉ !
ÇA VAUT UN BON BEEFSTEAK, COMME ON DIT !
MANGE PLUTÔT DU POISSON, TU PERDS LA MÉMOIRE, MON PETIT PÈRE !
C'EST MEILLEUR QUE L'ALCOOL !
ÇA Y EST ! J'ME SOUVIENS !
PAS TROP TÔT !
IL A DIT : « LE RIRE, C'EST COMME LES ESSUIE-GLACES, ÇA ARRÊTE PAS LA PLUIE MAIS ÇA PERMET D'AVANCER. »
BAH QUOI ?
VOUS COMPRENEZ RIEN À RIEN !

VOUS SAVEZ MONSIEUR FERNAND, SI JE VOUS DIS DE NE PAS TROP BOIRE, C'EST PAS POUR VOUS EMBÊTER, C'EST POUR VOTRE SANTÉ...
MA SANTÉ ?
C'EST IMPORTANT, LA SANTÉ...
PFFF !...
QUI TE DIT QUE J'AI ENVIE DE L'AVOIR, LA SANTÉ ?
FAUT PAS DIRE ÇA, MONSIEUR FERNAND... FAUT PAS DIRE ÇA...
C'EST POURTANT LA VÉRITÉ...
TU SAIS CE QUE ÇA VEUT DIRE, À MON ÂGE, AVOIR LA SANTÉ ?
ÇA VEUT DIRE QU'À FORCE DE DURER, ON REDOUTE CHAQUE JOUR DE VOIR L'AUTRE PARTIR EN PREMIER...
ÇA VEUT DIRE QU'ON RISQUE DE SE RETROUVER SEUL...
EN BONNE SANTÉ, MAIS SEUL...
TU CROIS QUE J'AI ENVIE DE ÇA ?
BEN...
ET ÉDITH, TU CROIS QU'ELLE A ENVIE DE ÇA ?
...
NI L'UN NI L'AUTRE ON N'A ENVIE DE RESTER SEUL... C'EST DES CHOSES QU'ON DIT PAS, MAIS CHACUN DE NOUS PRÉFÉRERAIT PARTIR AVANT L'AUTRE.
ALORS TU VOIS, LA SANTÉ... DES FOIS ON AIMERAIT MIEUX NE PAS L'AVOIR...

MAIS... C'EST... C'EST...
ÉGOÏSTE ? OUI C'EST VRAI...
CELUI QUI PARTIRA LE PREMIER N'AURA CONNU QUE L'AMOUR. IL N'EMPORTERA QUE CETTE IMAGE AVEC LUI...
CELUI QUI VA RESTER SOUFFRIRA...
VOUS VOUDRIEZ MOURIR AVANT MADAME ÉDITH ?
ÇA DÉPEND DES JOURS...
AUJOURD'HUI, OUI, JE N'AI PAS LE COURAGE DE CONNAÎTRE AUTRE CHOSE QUE LE BONHEUR...
D'AUTRES FOIS, BIEN SÛR, JE PRÉFÉRERAIS QUE CE SOIT MON ÉDITH QUI PARTE LA PREMIÈRE, POUR QU'ELLE NE SE RETROUVE PAS SEULE...
OUH LÀ LÀ, ÇA RIGOLE PAS BEAUCOUP ICI !
MONSIEUR FERNAND A UN PETIT COUP DE CAFARD.
ALLEZ, ALLEZ, C'EST LA FÊTE, AUJOURD'HUI !
C'EST VOTRE FÊTE !

FAUT PAS ÊTRE TRISTE, MONSIEUR FERNAND, VOUS AVEZ PLEIN D'AMIS ICI !
REGARDEZ MONSIEUR PROSPER QUI MANGE ENCORE DU GÂTEAU ! QUEL GOURMAND CELUI-LÀ !
AVEC TOUT CE QU'IL AVALE, IL DEVRAIT PESER AU MOINS 150 KILOS !
ET MADAME ODETTE, ELLE N'A PAS L'AIR JOYEUX ?
TOUT LE MONDE VOUS AIME BIEN, ICI.
C'EST VRAI, TOUT LE MONDE EST TRÈS GENTIL...
VOUS SEREZ BIEN, ICI, VOUS VERREZ...
SAINT-COLBERT EST UN VILLAGE TRÈS TRANQUILLE, TRÈS AGRÉABLE ET NOTRE MAISON A LA MEILLEURE RÉPUTATION DE TOUTE LA RÉGION.
VOUS SAVEZ QUE LE COQUELICOT EST RÉPUTÉ POUR SES VERTUS APAISANTES ?
AUTREFOIS, ON EN METTAIT DANS LA BOUILLIE DES ENFANTS POUR QU'ILS DORMENT MIEUX, C'EST VOUS DIRE.
EH BIEN ICI, C'EST PAREIL ! VOUS DORMIREZ COMME DES BÉBÉS.

ON A VISITÉ TROIS AUTRES MAISONS DE RETRAITE AVANT DE CHOISIR LA VÔTRE.
VOUS AVEZ UNE TRÈS BONNE RÉPUTATION...
JE VEUX, OUI !
VOUS POUVEZ INTERROGER QUI VOUS VOULEZ : LES PENSIONNAIRES, LES GENS DE LA RÉGION, QUI VOUS VOULEZ ! JE VOUS METS AU DÉFI DE TROUVER QUELQU'UN QUI DISE DU MAL DES COQUELICOTS !
ET LE PERSONNEL, PAREIL ! LA CRÈME DE LA CRÈME !
S'IL Y AVAIT UN GUIDE MICHELIN DES MAISONS DE RETRAITE, ON SERAIT CLASSÉ CINQ ÉTOILES !
TOC
TOC
ENTREZ !
JE VOUS PRÉSENTE MATHILDE. VOUS POUVEZ TOUT LUI DEMANDER, ELLE EST LA BONNE ÂME DE NOTRE ÉTABLISSEMENT.
BIENVENUE À LA MAISON DES COQUELICOTS.
MATHILDE VA VOUS CONDUIRE À VOS APPARTEMENTS...
SI VOUS VOULEZ BIEN ME SUIVRE...
J'AI ENCORE EU DES PROBLÈMES AVEC MONSIEUR PRUGNON... IL A FAIT SES BESOINS DANS LA LINGERIE PARCE QU'IL CROYAIT QUE C'ÉTAIT LES TOILETTES !

BONJOUR MADAME MATHILDE. BONJOUR MESSIEURS-DAMES...
BONJOUR MONSIEUR PAUL-ÉMILE.
IL A L'AIR BIEN AIMABLE, CE MONSIEUR !
IL A PEUT-ÊTRE DES SOUCIS ?
C'EST PAS LE MOT QUE J'UTILISERAIS, IL EST TOUJOURS EN TRAIN DE RÂLER.
ON EN A TOUS, HEIN ? C'EST PAS UNE RAISON POUR ÊTRE DE MAUVAIS POIL !
COUVREZ-VOUS, IL NE FAIT PAS BIEN CHAUD AUJOURD'HUI.
ON SENT L'HIVER QUI ARRIVE...
M'EN PARLEZ PAS ! ON DIT QUE L'AUTOMNE EST LE PRINTEMPS DE L'HIVER, MAIS JE PRÉFÈRE QUAND MÊME LE PRINTEMPS.
ENTREZ VITE VOUS METTRE AU CHAUD !
BONJOUR MATHILDE !
NOUS AVONS DEUX NOUVEAUX PENSIONNAIRES...
JE VOUS PRÉSENTERAI TOUT LE MONDE TOUT À L'HEURE.

VOILÀ VOTRE NOUVEAU CHEZ-VOUS !
ÇA VOUS PLAÎT ?
OUI, C'EST TRÈS BIEN...
MONSIEUR RAMBIER NOUS AVAIT FAIT VISITER.
ET VOUS VERREZ, ICI, C'EST TRÈS CALME !
VOUS SAVEZ QUE LE COQUELICOT EST RÉPUTÉ POUR SES VERTUS APAISANTES ?
OUI, MONSIEUR RAMBIER NOUS L'A DIT.
AH...
LE TRAIN PASSE LÀ-BAS, MAIS ON NE L'ENTEND QUASI PAS !
LÀ VOUS AVEZ UNE PLAQUE ÉLECTRIQUE, SI VOUS VOULEZ VOUS FAIRE UNE TISANE OU AUTRE CHOSE...
D'AILLEURS ELLE N'EST PAS TRÈS PROPRE. JE VAIS DEMANDER QU'ON VIENNE LA NETTOYER.
JE LE FERAI, LAISSEZ...

LE MATELAS A L'AIR CONFORTABLE...
VOUS ÊTES FATIGUÉE ?
OUI, MA FEMME EST TRÈS FATIGUÉE, C'EST POUR ÇA QU'ON A DÉCIDÉ DE S'INSTALLER DANS UNE MAISON DE RETRAITE.
QU'EST-CE QUE TU RACONTES, FERNAND ?
VOUS AVEZ DES PROBLÈMES DE SANTÉ, MADAME ÉDITH ?
NE L'ÉCOUTEZ PAS, JE SUIS EN PLEINE FORME !
VOUS ALLEZ BIEN VOUS REPOSER, ICI.
EN PLEINE FORME MAIS FATIGUÉE QUAND MÊME !
VOUS VERREZ, VOUS ALLEZ RETROUVER VOTRE JEUNESSE !
OUH LÀ ! ELLE EST LOIN, LA JEUNESSE !
FAUT PAS DIRE ÇA... QUAND ON A DES SOUVENIRS, LA JEUNESSE C'EST COMME SI C'ÉTAIT HIER !
UN HIER VIEUX DE 50 ANS...

AAAAHHHH !
QUI QU'EN VEUT ?
QUI QU'EN VEUT, DES COUPS DE POING DANS LES YEUX ?
TU VEUX DE LA NOUGATINE, PAPA ?
PLUTÔT DEUX FOIS QU'UNE !
TU MANGES ÇA, TOI ? ET LE PÉCHÉ DE GOURMANDISE ?
LE PÉCHÉ DE GOURMANDISE, C'EST MON PÉCHÉ MIGNON !
C'EST MEILLEUR QUE LES HOSTIES, PAS VRAI CURÉ ?
ET LE BON DIEU, IL EN PENSE QUOI ?
LE BON DIEU, IL EST ENCORE PLUS GOURMAND QUE MOI !
LUI, ALORS, QUEL PHÉNOMÈNE !
AH AH AH
TU AS BIEN MANGÉ MA PETITE MAMAN ?
AH OUI, C'ÉTAIT BON ! BIEN MEILLEUR QU'AU MARIAGE DE LUCIEN !
ON A MANGÉ DU FROMAGE DE CHÈVRE CHAUD FROID.
C'EST QUOI, ÇA ?...
C'EST DU CHÈVRE QUI A CHAUFFÉ ET REFROIDI.
AH... ET C'EST BON ?
C'EST MOINS BON QUE DU CHÈVRE CHAUD.... ET C'EST MOINS BON QUE DU CHÈVRE FROID !

SOUS LE CIEL DE PARIS S'ENVOLE UNE CHANSON... HUM HUM
ELLE EST NÉE D'AUJOURD'HUI DANS LE CŒUR D'UN GARÇON...
CE COUP-CI, C'EST MOI QUI FAIT DANSER LA BELLE FILLE !
SOUS LE CIEL DE PARIS MARCHENT DES AMOUREUX... HUM HUM...
VOUS ALLEZ ÊTRE HEUREUX, TOUS LES DEUX....
UNE MÈRE ÇA SENT CES CHOSES-LÀ... ÉDITH ET TOI, C'EST POUR LA VIE.
LEUR BONHEUR SE CONSTRUIT SUR UN AIR FAIT POUR EUX.
TU VAS ME FAIRE DES BEAUX PETITS-ENFANTS, HEIN ?
OUI MAMAN, JE SAIS, UN GARÇON ET UNE FILLE, LE CHOIX DU ROI...
ON FERA CE QU'ON PEUT ! D'ABORD ON S'OCCUPE DU CAFÉ. L'INSTALLATION, TOUT ÇA, C'EST BEAUCOUP DE BOULOT ET ÇA COÛTE DES SOUS...
QUAND TU ES NÉ, ON ÉTAIT FAUCHÉS COMME LES BLÉS ! ÇA NOUS A PAS EMPÊCHÉS DE T'ÉLEVER. ON N'AVAIT PAS GRAND-CHOSE À MANGER, MAIS ON AVAIT DE L'AMOUR...
C'EST L'AMOUR QUI FAIT GRANDIR LES ENFANTS, C'EST PAS LA SOUPE.

DE L'AMOUR ON EN AURA, T'INQUIÈTE PAS ET DE LA SOUPE AUSSI !
ALORS VOUS POUVEZ ME FAIRE DES PETITS-ENFANTS !
ON N'EST MARIÉS QUE DEPUIS QUELQUES HEURES, MAMAN !
IL Y A DES GENS QUI SE MARIENT ET QUI SAVENT DÉJÀ QUAND ILS VONT FAIRE DES ENFANTS...
IL Y A MÊME DES FEMMES QUI SE MARIENT ENCEINTES !
ON T'EN FERA DES PETITS...
LE GARÇON, ON L'APPELLERA ANDRÉ COMME PAPA ET LA FILLE GERMAINE COMME TOI. T'ES CONTENTE ?
TU TE MOQUES DE MOI...
MAIS NON... ÇA M'AMUSE DE TE VOIR IMPATIENTE... ON A LE TEMPS, NON ?
ÇA PART VITE LE TEMPS... ÇA PART SI VITE...
OUH LÀ, DÉJÀ MIDI MOINS LE QUART ? LE TEMPS PASSE VITE, C'EST L'HEURE DU DÉJEUNER.
ON MANGE DE BONNE HEURE, DITES DONC !
MIDI ET 19 HEURES TAPANTES. ET IL Y A DES PENSIONNAIRES QUI MANGERAIENT BIEN PLUS TÔT QUE ÇA !
JE VOUS EMMÈNE À LA SALLE DE REPAS ?

LE MENU VOUS A PLU ?
J'ESPÈRE BIEN !
C'ÉTAIT DÉLICIEUX ! ON REVIENDRA !
ON MANGE TELLEMENT BIEN ICI QUE J'AI PRIS TROIS KILOS DEPUIS QUE JE SUIS LÀ !
EN COMBIEN DE TEMPS ?
UN MOIS...
TROIS KILOS EN UN MOIS ? EH BEN !
FAUDRA QUE TU FASSES ATTENTION...
NE L'ÉCOUTEZ PAS ! ÇA FAIT DES ANNÉES QU'IL EST AUX COQUELICOTS !
ET C'EST PAS TROIS KILOS QU'IL A PRIS...
C'EST DIX !
HA HA HA !
D'AILLEURS, JE REPRENDRAIS BIEN DU DESSERT...
MADAME CHRISTINE, JE PEUX AVOIR UN AUTRE POT DE CRÈME ?
SI VOUS EXPLOSEZ, FAUDRA PAS VOUS PLAINDRE !

JE N'AI PAS PU VENIR PLUS TÔT À VOTRE FÊTE, J'AI ENCORE EU DES SOUCIS AVEC MONSIEUR PRUGNON...
IL EST PIRE QU'UN ENFANT !
BON ANNIVERSAIRE, MADAME ÉDITH !
OH, C'EST PAS GRAND-CHOSE...
MERCI CHRISTINE.
BON ANNIVERSAIRE, MONSIEUR FERNAND !
OH, MERCI... MERCI BEAUCOUP !
REGARDE FERNAND... ÉDITH PIAF...
AH, ÇA C'ÉTAIT UNE CHANTEUSE !
PIAF
DES COMME ELLE, Y EN N'A PLUS.
LES CHANTEUSES AUJOURD'HUI, SI ELLES N'AVAIENT PAS DE MICRO ON NE LES ENTENDRAIT PAS !
MÊME AVEC UN MICRO, ON NE LES ENTEND PAS !
QUAND IL ME PREND DANS SES BRAS, IL ME PARLE TOUT BAS, JE VOIS LA VIE EN ROSE...
BRAVO, MADAME ÉDITH...
ALLEZ, CHANTEZ-NOUS UNE CHANSON !
CLAP
CLAP
OH NON, PENSEZ-VOUS...

ON EST ALLÉS LA VOIR CHANTER EN VRAI, LA MÔME PIAF... C'ÉTAIT EN QUELLE ANNÉE, ÉDITH ?
EN 1962. LE 25 SEPTEMBRE 1962...
... QUI NOUS TRAÎNE, NOUS ENTRAÎNE, ÉCRASÉS
ELLE AVAIT CHANTÉ DU HAUT DE LA TOUR EIFFEL POUR LE LANCEMENT DU FILM *LE JOUR LE PLUS LONG*...
L'UN CONTRE L'AUTRE, NOUS NE FORMONS QU'UN SEUL CORPS ET LE FLOT SANS EFFORT NOUS POUSSE ENCHAÎNÉS L'UN ET L'AUTRE ET NOUS
TOUT PARIS POUVAIT L'ENTENDRE !... C'ÉTAIT MAGIQUE...
NOUS, ON ÉTAIT UN PEU PLUS LOIN, BIEN SÛR...
... MAIS QU'EST-CE QUE C'ÉTAIT BEAU...
LAISSE TOUS DEUX, ÉPANOUIS, ENIVRÉS ET HEUREUX.

PERSONNE NE CHANTAIT L'AMOUR AUSSI BIEN QU'ELLE.
ELLE AVAIT DIT UN JOUR : « POUR FAIRE UNE BELLE CHANSON D'AMOUR, IL FAUT ÊTRE AMOUREUX DANS LA VIE »...
C'EST PAS BEAU, ÇA ?
100 000 PERSONNES ONT DÉFILÉ POUR SES OBSÈQUES... 100 000 PERSONNES...
ELLE EST ENTERRÉE AU PÈRE-LACHAISE, ON EST ALLÉS VOIR SA TOMBE, IL Y A DEUX ANS. HEIN ÉDITH ?
OH OUI... C'ÉTAIT ÉMOUVANT... SES CHANSONS QUI DÉFILAIENT DANS MA TÊTE. JE REVOYAIS CETTE PETITE BONNE FEMME, LES MAINS DRESSÉES VERS LE CIEL.
Famille
GASSION-PIAF
IL Y A DES GENS QUI NE DEVRAIENT JAMAIS MOURIR...
IL ME DIT DES MOTS D'AMOUR, DES MOTS DE TOUS LES JOURS, ET ÇA M'FAIT QUELQUE CHOSE.

... IL EST ENTRÉ DANS MON CŒUR...
... UNE PART DE BONHEUR DONT JE CONNAIS LA CAUSE.
BRAVO ! BRAVO !
C'EST LUI POUR MOI.
REGARDEZ MOI ÇA COMME ILS SONT RESTÉS JEUNES !
ET VOUS SAVEZ POURQUOI ?
MOI POUR LUI DANS LA VIE.
PARCE QU'ILS SONT BIEN ICI ?
EXACTEMENT ! PARCE QU'ON EST BIEN AUX COQUELICOTS !
... IL ME L'A DIT, L'A JURÉ, POUR LA VIE....
POURQUOI VOUS RIGOLEZ, MATHILDE ?
PARCE QUE VOUS DITES TOUJOURS ÇA, MONSIEUR LE DIRECTEUR...
ET DÈS QUE JE L'APERÇOIS, ALORS JE SENS EN MOI...
MON CŒUR QUI BAT.

JE SENS TON CŒUR QUI BAT ... IL BAT VITE...
C'EST TOI...
C'EST MOI QUOI ?
C'EST TOI QUI LE FAIT BATTRE VITE...
QUAND JE SUIS PRÈS DE TOI... QUAND TES MAINS ME TOUCHENT... MON SANG S'ÉCHAUFFE, MON CORPS ME BRÛLE, MON CŒUR TAPE ET TAPE ENCORE...
TOUT ÇA POUR MOI ?
SERRE-MOI FORT...
ENCORE PLUS FORT...
JE T'AIME, MON FERNAND...
JE T'AIME, MON ÉDITH...
TU TE SOUVIENS QUAND ON S'EST RENCONTRÉS ?

TOC
TOC
ENTREZ !
M'SIEURS-DAMES !...
IMPRIMERIE CHASSEBLEU, JE VIENS LIVRER VOTRE COMMANDE DE PAPIER À EN-TÊTE.
AH OUI, TRÈS BIEN !
ÉDITH, VOUS POUVEZ DÉBARRASSER CE JEUNE HOMME, S'IL VOUS PLAÎT ?

ÉDITH ?
OUI ?!
AH OUI !
VOUS POUVEZ DÉBARRASSER CE JEUNE HOMME, S'IL VOUS PLAÎT ?
OUPS !
TOC
ÉDITH ?
STUM

EXCUSEZ-MOI... JE SUIS CONFUSE...
C'EST PAS GRAVE, CE N'EST QUE DU PAPIER...
SI LES FEUILLES SONT ABÎMÉES, JE NE VOUS PAIE PAS !
VOUS INQUIÉTEZ PAS, ELLES SONT IMPECCABLES...
VOUS AVEZ LA FACTURE ?
... TENEZ...
... ÇA M'ÉTONNERAIT QUE ÇA SOIT ÇA !
EUH, NON, EXCUSEZ-MOI, CE N'EST PAS ÇA...
JE... JE... AH, ÇA Y EST, VOILÀ... VOILÀ LA FACTURE...

AU REVOIR M'SIEURS-DAMES ! ...
AU REVOIR, JEUNE HOMME...
AU REVOIR, EUH... MADEMOISELLE...
AU REVOIR, MONSIEUR...
EH BIEN, ÉDITH, VOUS RÊVEZ OU QUOI ?
QU'EST-CE QUI VOUS ARRIVE AUJOURD'HUI ?
NON, MONSIEUR DAMOIS...
ALLEZ, AU TRAVAIL !
OUI, MONSIEUR DAMOIS...

C'EST COMME ÇA QU'ON S'EST CONNUS, AVEC MON FERNAND.
MOI AUSSI J'AI TRAVAILLÉ DANS UN BUREAU, DANS UNE MAISON D'ÉDITION.
C'EST LÀ QUE JE L'AI CONNU, MON GASTON, VOUS SAVEZ ?
MADEMOISELLE JEANNE, VOUS PERDEZ LA TÊTE, VOUS NOUS L'AVEZ DÉJÀ RACONTÉ...
PLUSIEURS FOIS, MÊME !
JE LE SAIS BIEN QUE JE L'AI DÉJÀ RACONTÉ... JE NE RADOTE PAS, VOUS SAVEZ, JE PARLE DE LUI POUR NE PAS L'OUBLIER...
J'AI PAS ENVIE QU'IL DISPARAISSE DE MA MÉMOIRE, NI LUI NI TOUT CE QUE NOUS AVONS VÉCU TOUS LES DEUX.
VOUS AVEZ RAISON, MADEMOISELLE JEANNE, IL NE FAUT RIEN OUBLIER.

ET VOUS, MONSIEUR PROSPER, VOTRE FEMME, VOUS N'EN PARLEZ JAMAIS...
JE L'AI TELLEMENT AIMÉE MA CHRISTIANE QUE QUAND JE PENSE À ELLE, ÇA ME FAIT MAL, LÀ...
DÈS QUE J'EN PARLE, JE... JE ME METS À PLEURER.
C'ÉTAIT QUELQU'UN, MA FEMME, VOUS SAVEZ. DES COMME ELLE, IL N'Y EN A PAS BEAUCOUP...
MOI AUSSI J'AURAI BIEN AIMÉ FÊTER AVEC ELLE NOS 50 ANS DE MARIAGE...
PARLEZ-MOI PLUTÔT DE VOTRE GASTON...
J'AI RIGOLÉ AVEC LUI, VOUS SAVEZ...
IL N'Y A PAS UN JOUR OÙ IL NE M'A PAS FAIT RIRE. PAS UN !

QUAND JE L'AI CONNU, IL TRAVAILLAIT DANS LA MÊME ENTREPRISE QUE MOI. IL ÉTAIT GARÇON DE COURSE OU QUELQUE CHOSE COMME ÇA...
J'AI JAMAIS TROP SU CE QU'IL FAISAIT COMME TRAVAIL, EN FAIT...
JE CROIS QUE LUI NON PLUS D'AILLEURS, IL NE SAVAIT PAS TROP POUR QUOI IL ÉTAIT LÀ...
IL INVENTAIT DE CES TRUCS, VOUS AURIEZ VU ÇA ! LES GENS DU BUREAU RÂLAIENT TOUT LE TEMPS APRÈS LUI PARCE QU'IL DÉCLENCHAIT DES CATASTROPHES.
IL NE LE FAISAIT PAS EXPRÈS. IL INVENTAIT DES CHOSES POUR RENDRE SERVICE... POUR FAIRE PLAISIR...
C'ÉTAIT UN POÈTE... UN POÈTE DE LA VIE...
MONSIEUR PRUGNON, JE VAIS ME FÂCHER, IL NE FAUT PAS CUEILLIR LES FLEURS DANS LE PARC !
VOUS ÊTES INFERNAL ! IL FAUT TOUJOURS VOUS SURVEILLER !
JE VOUS RAMÈNE DANS VOTRE CHAMBRE...
NE LE GRONDEZ PAS, IL A VOULU ME FAIRE UN CADEAU, C'EST GENTIL DE SA PART...
MON FERNAND NE M'OFFRAIT JAMAIS DE FLEURS COUPÉES...
AH BON ? POURQUOI ?

FERNAND PRÉFÉRAIT LES FLEURS DANS LES JARDINS…
IL DISAIT QUE LES FLEURS COUPÉES, C'EST COMME LES OISEAUX DANS LES CAGES.
La Treille
IL AIMAIT LA LIBERTÉ…
ÉDITH ?…
FERNAND ?…

VEUX-TU...
VEUX-TU ÊTRE... MA FEMME ?
RELÈVE-TOI, TU VAS AVOIR FROID AUX GENOUX !
TU VEUX M'ÉPOUSER ?
POUR LA VIE ?
C'EST LUI POUR MOI, MOI POUR LUI...
IL ME L'A DIT, L'A JURÉ POUR LA VIE...
POUR LA VIE ?

BIEN SÛR JE SUIS D'ACCORD !...
TU M'AS L'AIR D'UN BON GARS, COSTAUD, SÉRIEUX...
AH ! SI MA PAUVRE FEMME ÉTAIT ENCORE DE CE MONDE !... MAIS BON, JE ME FAIS PAS DE SOUCI, ELLE PENSERAIT COMME MOI... C'EST SÛR...
TU L'AIMES AU MOINS ?
PLUS QUE ÇA ENCORE !
ALORS MARIE-TOI, MA FILLE ! SOIS HEUREUSE...
... ET SERS LE MANGER ! J'AI FAIM.
ALLUME-NOUS LA RADIO, FERNAND ! PEUT-ÊTRE QU'ILS VONT ANNONCER VOTRE MARIAGE !

JE METS SUR QUELLE STATION ?
LAISSE COMME IL EST, C'EST RADIO-LUXEMBOURG, C'EST BIEN.
CLICK
... APPEL LANCÉ CE MATIN PAR L'ABBÉ PIERRE.
... « MES AMIS, AU SECOURS...
UNE FEMME VIENT DE MOURIR GELÉE, CETTE NUIT À TROIS HEURES, SUR LE TROTTOIR DU BOULEVARD SÉBASTOPOL, SERRANT SUR ELLE LE PAPIER PAR LEQUEL, AVANT-HIER, ON L'AVAIT EXPULSÉE...
... CHAQUE NUIT, ILS SONT PLUS DE 2 000 RECROQUEVILLÉS SOUS LE GEL, SANS TOIT, SANS PAIN, PLUS D'UN PRESQUE NU.
2 000 ?! OH LES PAUVRES...
TU L'AS DIT, MA FILLE...
Y EN AVAIT UN, TOUT À L'HEURE, SOUS DES CARTONS, PRÈS DE L'ÉPICERIE DE LA RUE DU LAVOIR...
VA LE CHERCHER !
... ÉCOUTEZ-MOI : EN TROIS HEURES, DEUX PREMIERS CENTRES DE DÉPANNAGE VIENNENT DE SE CRÉER. ILS REGORGENT DÉJÀ.

IL FAUT QUE CE SOIR MÊME, DANS TOUTES LES VILLES DE FRANCE, DES PANCARTES S'ACCROCHENT SOUS UNE LUMIÈRE DANS LA NUIT, À LA PORTE DE LIEUX OÙ IL Y AIT COUVERTURES, PAILLE, SOUPE...
... ET OÙ L'ON LISE, SOUS CE TITRE CENTRE FRATERNEL DE DÉPANNAGE, CES SIMPLES MOTS : " TOI QUI SOUFFRES, QUI QUE TU SOIS, ENTRE, DORS, MANGE, REPRENDS ESPOIR, ICI ON T'AIME. "
TANT QUE DURE L'HIVER, DEVANT LEURS FRÈRES MOURANT DE MISÈRE, UNE SEULE OPINION DOIT EXISTER ENTRE HOMMES : LA VOLONTÉ DE RENDRE IMPOSSIBLE QUE CELA DURE.
JE VOUS PRIE, AIMONS-NOUS ASSEZ TOUT DE SUITE POUR FAIRE CELA. QUE TANT DE DOULEUR NOUS AIT RENDU CETTE CHOSE MERVEILLEUSE : L'ÂME COMMUNE DE LA FRANCE ».
GRÂCE À VOUS, AUCUN HOMME, AUCUN GOSSE NE COUCHERA CE SOIR SUR L'ASPHALTE OU SUR LES QUAIS DE PARIS.
« MERCI ! »

ON N'A PAS GRAND-CHOSE À T'OFFRIR, MAIS C'EST DE BON CŒUR...
MERCI... MERCI INFINIMENT...
C'EST VRAI QUOI, ON N'EST PAS DES BÊTES...
C'EST COMME IL A DIT LE CURÉ PIERRE : POUR LES CHIENS PERDUS, Y A DES FOURRIÈRES ET ILS SONT PAS CAPABLES DE FAIRE LA MÊME CHOSE POUR LES HOMMES.
JE SAIS PAS CE QUE TU Y METS DANS TA SOUPE DE POIREAUX, MAIS ÇA A UN GOÛT DE « REVIENS-Y ». REMETS-M'EN DONC UNE TITE LOUCHÉE !
PAS VRAI QU'ELLE EST BONNE SA SOUPE ?
ÇA FAIT BIEN LONGTEMPS QUE J'EN AVAIS PAS MANGÉ DE LA COMME ÇA, C'EST SÛR...
ALORS REPRENDS-EN, MON GARS ! PROFITE !
SERS-LE, ÉDITH. À RAS BORDS !

ENCORE UN QUE LES BOCHES N'AURONT PAS !
OH ! PAPA !
BAH QUOI ? ÇA NOUS RETOMBERA BIEN SUR LA GUEULE UN JOUR ?
LA GUERRE, LA GUERRE, Y A TOUJOURS LA GUERRE ! IL SAIT FAIRE QUE ÇA, L'HOMME !
PFFF !
STUM

BUVEZ ÇA ! ÇA VOUS FERA DU CHAUD POUR DORMIR, Y A PAS DE POÊLE DANS LES CHAMBRES !
GLOUUU
GLOUUUUUU
GLOUUUUU
LA RÉCOLTE DE POMMES DE TERRE A ÉTÉ BONNE CETTE ANNÉE. DEMAIN, TU PRENDRAS LE CAMION ET TU IRAS EN PORTER À PARIS.
OÙ C'EST DÉJÀ QU'IL A DIT L'ABBÉ PIERRE QU'IL FALLAIT PORTER CE QU'ON PEUT DONNER ?
À L'HÔTEL ROYAL MONCEAU.

C'EST DE LA BINTJE, C'EST DE LA BONNE PATATE !
VOUS NE VOULEZ PAS RESTER QUELQUES JOURS ? LE TEMPS QUE LE FROID SE CALME.
MERCI, C'EST GENTIL, MAIS JE VEUX REJOINDRE CES COMPAGNONS BÂTISSEURS D'EMMAÜS.
JE POURRAIS AIDER.
J'AI MIS DU PAIN, UN FROMAGE, UN SAUCISSON ET DES POMMES.
TIENS, Y A PAS DE CHAUFFAGE DANS LE CAMION !
JE VAIS PAS BOIRE DE LA GNÔLE AU PETIT DÉJEUNER ?
POURQUOI PAS ? C'EST NATUREL, ÇA PEUT PAS FAIRE DE MAL
DU NATUREL À 70° !
QUAND ÉDITH EST NÉE, JE LUI EN AI MIS UNE GOUTTE SUR LES LÈVRES. ELLE EST DEVENUE TOUTE ROUGE PENDANT CINQ MINUTES, MAIS ELLE A JAMAIS EU UN RHUME. PAS VRAI ÉDITH ?
JE NE ME SOUVIENS PAS SI J'ÉTAIS TOUTE ROUGE, MAIS C'EST VRAI QUE JE NE SUIS JAMAIS ENRHUMÉE.
AH !

ELLE T'A QUITTÉ POUR UN AUTRE, TA FEMME ?
NON, NON... ELLE EST PARTIE PARCE QUE NOTRE VIE NE LUI PLAISAIT PLUS.
ELLE TROUVAIT QUE JE NE M'OCCUPAIS PAS ASSEZ BIEN D'ELLE.
AH ÇA, L'AMOUR, C'EST DU TRAVAIL. C'EST COMME UN JARDIN, SI TU LE BICHONNES PAS, IL DEVIENT VITE DE LA FRICHE...
C'EST PAS L'AFFAIRE D'UN HOMME DE DIRE ÇA À SA FILLE MAIS PUISQUE TA PAUVRE MÈRE N'EST PLUS LÀ, FAUT BIEN QUE JE T'EN PARLE...
TU L'AIMES TON FERNAND, TU VAS TE MARIER, C'EST BIEN MA FILLE.
IL ME DONNE L'IMPRESSION D'ÊTRE UN BON GARS, TRAVAILLEUR, SÉRIEUX... TU L'AS BIEN CHOISI...
ON S'EST CHOISIS TOUS LES DEUX !
MAIS N'OUBLIE PAS, SI TU VEUX LE GARDER, Y A PAS DE SECRET : FAUT LUI REMPLIR L'ESTOMAC.
IL FAUT AUSSI DE L'AMOUR...
L'AMOUR, ÇA NOURRIT PAS SON HOMME ! CE QU'IL Y A DANS TON FAITOUT, OUI !
SNIF SNIF

ET VOTRE PROJET DE CAFÉ-BOULES, C'EST POUR QUAND ?
D'ABORD ON SE MARIE, ON MET ENCORE UN PEU DE SOUS DE CÔTÉ ET DÈS QU'ON TROUVE UN ENDROIT QUI NOUS PLAÎT, ON Y VA !
AUXERRE 8
PARIS 187
VROOM
ON DEMANDE PAS LA LUNE. ON VEUX JUSTE ÊTRE BIEN, TOUS LES DEUX.
TU VIENDRAS NOUS VOIR ?
SÛR !
PLUS DE CHEF ! C'EST LA LIBERTÉ ! JE SERAI MON PROPRE PATRON !
OH PATRON ! Y ME REMET LE MÊME ?
C'EST PARTI !
TABAC

Y TRINQUE AVEC MOI ? C'EST MA TOURNÉE !
ALLEZ VA ! ÇA VA ME FAIRE UNE PAUSE, J'EN AI PLEIN LES PATTES !
C'EST SON PREMIER BAR-TABAC ?
AVANT ON AVAIT UN CAFÉ-BOULES... C'EST PAS LA MÊME CHOSE.
PLIN
JE SAIS PAS, JE JOUE PAS AUX BOULES.
C'EST PAS PAREIL... LE CAFÉ-BOULES C'EST PAS PAREIL QUE LE BAR-TABAC.
C'EST MIEUX ?
ICI IL Y A BEAUCOUP DE PASSAGE. DES GENS QUI NE VIENNENT QU'UNE FOIS. DANS LE CAFÉ-BOULES, C'EST SURTOUT DES HABITUÉS.
QU'Y S'INQUIÈTE PAS ! SI LE BLANC EST BON, J'Y DEVIENDRAI VITE UN HABITUÉ !
ALLEZ, Y NOUS EN RESSERT UN PETIT ?
C'EST MA TOURNÉE !
ÇA SE REFUSE PAS !
PLIN

M'DAME !
VOILÀ MA PRINCESSE !
LA MORT DU GÉNÉRAL DE GAULLE LAISSE LA FRANCE VEUVE...
SMACK
OH BEN MERDE ! DE GAULLE EST MORT !
C'EST HIER, 9 NOVEMBRE, DANS SA PROPRIÉTÉ DE « LA BOISSERIE » À COLOMBEY-LES-DEUX-ÉGLISES, QUE LE GÉNÉRAL A ÉTÉ PRIS D'UN MALAISE VERS 19 H 10, ALORS QU'IL FAISAIT UNE RÉUSSITE.
SALUT LA COMPAGNIE !
CHUTTT !
C'EST SUITE À UNE RUPTURE D'ANÉVRISME QU'IL A PERDU CONNAISSANCE...
IL S'ÉTEINT VINGT MINUTES PLUS TARD, ÉTENDU SUR UN MATELAS DANS LE SALON. NÉ LE 22 NOVEMBRE 1890 À...
QUI C'EST QUI EST MORT ?
DE GAULLE !
OH LA VACHE !

C'ÉTAIT QUAND MÊME UN GRAND BONHOMME...
PFFT !
1,93 MÈTRE IL PARAÎT !
MORT OU VIVANT, C'EST PAS DE GAULLE QUI VA ÉPLUCHER MES POIREAUX ET MES PATATES POUR LA SOUPE !
AMÈNE TES PATATES, ÉDITH, JE VAIS T'AIDER !
TU MANGERAS AVEC NOUS ?
JE DIS PAS NON !
J'TE SERS UN PETIT BLANC, MON PIERROT ?
POURQUOI PETIT ?
ELLE A UN DRÔLE DE GOÛT, CETTE SOUPE, VOUS TROUVEZ PAS ?
C'EST DU POIREAU...
ÇA SE MANGE...
C'EST SÛR QUE J'EN AI MANGÉ DE LA MEILLEURE, DE LA SOUPE DE POIREAUX !...
SI VOUS AVIEZ GOÛTÉ CELLE D'ÉDITH !

MA FEMME AUSSI, ELLE FAISAIT DE LA BONNE SOUPE !
BIEN ÉPAISSE, ON POUVAIT PLANTER LA CUILLÈRE DEDANS, ELLE TENAIT DEBOUT !
C'EST PLUS DE LA SOUPE, C'EST DE LA PURÉE ! T'EN MANGES UNE LOUCHÉE ET TU TRAVERSES LE DÉSERT TRANQUILLE, TU MOURRAS PAS DE FAIM !
BEN MOI, EN TOUS CAS, C'EST COMME ÇA QUE JE L'AIME, LA SOUPE !
ÇA NE M'ÉTONNE PAS TROP DE VOUS...
QU'EST-CE QUE VOUS VOULEZ DIRE ?
RIEN, RIEN... JE RELEVAIS JUSTE QUE VOUS AIMEZ CE QUI EST LOURD...
QU'EST-CE QU'IL RACONTE ?
NE VOUS OCCUPEZ PAS DE LUI, PROSPER, IL EST ENCORE EN TRAIN DE DIRE DES MÉDISANCES...
VOUS ÊTES VRAIMENT DÉSAGRÉABLE. INSUPPORTABLE, MÊME !
JE VAIS VOUS DIRE, PAUL-ÉMILE, CE N'EST PAS MON HABITUDE DE DIRE DES MÉCHANCETÉS, MAIS JE NE SUIS PAS ÉTONNÉE QUE VOTRE FEMME VOUS AIT QUITTÉ.
PARLEZ PAS DE CE QUE VOUS NE SAVEZ PAS : C'EST MOI QUI L'AIT QUITTÉE, MA FEMME !
MOI AUSSI, JE PRÉFÈRE QUAND LA SOUPE EST ÉPAISSE...

VOUS CONNAISSEZ SAINT JÉRÔME, MADEMOISELLE JEANNE ?
PAS PERSONNEL-LEMENT, NON...
TRÈS DRÔLE...
SAINT JÉRÔME EST CONSIDÉRÉ PAR LES CATHOLIQUES COMME UN DES PÈRES DE L'ÉGLISE. UN SAINT HOMME, VOUS EN CONVIENDREZ...
QU'A-T-IL FAIT QUI VOUS INTÉRESSE, CE SAINT HOMME ?
IL A DIT : « LE MARIAGE EST UNE ÉPINE QUI PORTE DES ROSES » ÇA VEUT BIEN DIRE CE QUE ÇA VEUT DIRE ?
VOUS VOULEZ PROUVER QUOI ?
QUE SI UN HOMME D'ÉGLISE DIT QUE L'HOMME ET LA FEMME NE SONT PAS FAITS POUR SE MARIER, ÇA DOIT BIEN ÊTRE VRAI !
VOUS INTERPRÉTEZ ÇA COMME ÇA, VOUS ?
ET PUIS Y A AUSSI DES ROSIERS QUI N'ONT PAS D'ÉPINES ! HA !
EXACTEMENT ! ET LA MIENNE DE FEMME, C'EST UNE ROSE SANS ÉPINE ! C'EST POUR ÇA QUE JE L'AIME DEPUIS BIENTÔT 50 ANS !
50 ANS ?
OUI MONSIEUR ! DANS TROIS MOIS, ON AURA 50 ANS DE MARIAGE.
AH, ÇA SE FÊTE, ÇA !
ON Y PENSE, ON Y PENSE...

TU SAIS POURQUOI ON VA GAGNER ? PARCE QUE J'AI ÉTÉ CHAMPION DU DÉPARTEMENT !
SANS BLAGUE ?!
TU ME CROIS PAS ?
ÇA FAIT CENT FOIS QUE TU NOUS LE DIS ! ON VA LE SAVOIR QUE T'AS ÉTÉ « CHAMPION DU DÉPARTEMENT » !
TU RADOTES MON PAUVRE FERNAND !
JE RADOTE... ET TOI T'AS PEUR DE JOUER !
C'EST ÇA, OUI !
ALORS TU LANCES OU PAS ?
AH AH !
STUM
ET ALORS, QU'EST-CE QU'IL DIT, LE CHAMPION DU DÉPARTEMENT ?

IL DIT QUE RIEN N'EST GAGNÉ... LE POINT, IL EST LÀ, DANS MA MAIN.
QU'EST-CE QU'IL FAUT PAS ENTENDRE ?!
PRENDS TON TEMPS, FERNAND, ON PEUT ENCORE GAGNER...
Y A INTÉRÊT, OUI !
STUM
OH PUNAISE !
À CHAQUE FOIS, C'EST PAREIL !
ALORS ? JE SUIS PAS LE CHAMPION ?
DE LA CHANCE, C'EST TOUT !
UNE VEINE DE COCU, OUI !
JE N'AI JAMAIS ÉTÉ COCU...
J'AI TOUT FAIT POUR QU'ELLE SOIT HEUREUSE, MON ÉDITH. ET COMME ELLE A FAIT LA MÊME CHOSE, ON N'A JAMAIS EU BESOIN D'ALLER VOIR AILLEURS...

QUELLE HEURE EST-IL ?
JE VAIS ALLER LA RETROUVER, TIENS, ELLE DOIT AVOIR FINI SA SIESTE.
ENVIRON 17 H. ÇA C'EST LE LYON-SAINT-GERVAIS QUI PART À 16 H 18.
TU CONNAIS LES HORAIRES PAR CŒUR ?
27 ANS À LA SNCF, ÇA CRÉE DES HABITUDES !
MONSIEUR RAMBIER, VOUS SAVIEZ QUE FERNAND ET ÉDITH ALLAIENT BIENTÔT FÊTER LEURS 50 ANS DE MARIAGE ?
DES NOCES D'OR ? TOUTES MES FÉLICITATIONS !
IL FAUDRA QU'ON FASSE UNE PETITE FÊTE !
VOUS VOULEZ QUE JE VOUS DISE, MADAME ÉDITH ? ÇA ME FAIT VRAIMENT PLAISIR DE FÊTER VOS NOCES D'OR AVEC VOUS !
JE VOUS AIME, TIENS !
SMACK
ET TOI AUSSI, FERNAND JE T'AIME ! VOUS ÊTES DE BRAVES GENS TOUS LES DEUX !
VOUS ÊTES GENTIL, MONSIEUR PROSPER...
SMACK

MADAME ODETTE ?
AH NON, NE M'APPELEZ PAS MADAME ODETTE ! ODETTE, ÇA SUFFIT LARGEMENT !
EH BIEN MOI, ÇA SERA ODETTE ! C'EST COMPRIS MATHILDE ?
ICI, ON DIT MADAME ET MONSIEUR À TOUT LE MONDE.
ET VOUS AUSSI, APPELEZ-MOI TOUS ODETTE, JE N'AIME PAS QU'ON M'APPELLE MADAME...
EUH...
AH OUI, PARDON MATHILDE, JE VOUS AVAIS OUBLIÉE ! HI HI... VOUS VOULIEZ ME PARLER ?
OUI... EUH... IL Y A DE LA VISITE POUR VOUS, EUH... MADAME ODETTE !
CE DOIT ÊTRE MES ENFANTS !
OH LÀ LÀ, J'AI LA TÊTE QUI TOURNE ! C'EST LE CHAMPAGNE, ÇA ME FAIT PERDRE LA BOULE ! HI HI...
PEUT-ÊTRE QUE VOS ENFANTS VOUDRONT VENIR MANGER UN MORCEAU DE GÂTEAU AVEC NOUS ?
BONNE IDÉE, JE VAIS EN REPRENDRE UN BOUT AUSSI !
CE N'EST PAS RAISONNABLE, MONSIEUR PROSPER !
TROP DE CHOCOLAT, ÇA FAIT MAL AUX DENTS.
C'EST DE NE PAS EN MANGER QUI NE SERAIT PAS RAISONNABLE !
ET PUIS MOI, LES DENTS, ÇA FAIT LONGTEMPS QU'ELLES NE ME FONT PLUS MAL !

Joyeux Anniversaire
Fernand et Édith
ELLE A DE LA CHANCE, MADAME ODETTE, D'AVOIR LA VISITE DE SES ENFANTS...
LES VÔTRES NE VIENNENT PAS ?
PENSEZ ! J'EN AI TROIS, ILS HABITENT DANS TROIS PAYS DIFFÉRENTS ET PAS UN SEUL EN FRANCE ! C'EST BIEN LA PEINE...
AVANT, J'ALLAIS LES VOIR, MAIS MAINTENANT, L'AVION, TOUT ÇA, C'EST TROP COMPLIQUÉ POUR MOI...
IL NE MANQUERAIT PLUS QU'ILS VEUILLENT ME FOUILLER AU CORPS ! À MON ÂGE !
ET VOUS, VOS ENFANTS, ILS HABITENT DANS LA RÉGION ?
VOUS NE LES VOYEZ PAS SOUVENT ?
ON N'A PAS D'ENFANTS... ON N'EN A PAS EU....
PAS D'ENFANTS ? ÇA, J'AURAIS JAMAIS PU !

L'ACCOUCHEMENT S'EST MAL PASSÉ, L'ENFANT SE PRÉSENTAIT MAL ... ILS ONT FAIT CE QU'ILS ONT PU...
C'ÉTAIT UN GARÇON...
EH BEN MA PAUVRE...
LE DOCTEUR A DIT QU'ILS ONT DÛ FAIRE UN CHOIX... L'ENFANT OU TOI...
JE NE SAIS PAS CE QUI ÉTAIT LE MIEUX...
JAMAIS C'EST COMME TOUJOURS, ÇA VEUT RIEN DIRE...
SI... ÇA VEUT DIRE QU'AVEC CE QU'ILS M'ONT RETIRÉ, JE N'AI PLUS CE QU'IL FAUT POUR EN FAIRE. ON PEUT PAS GRAND-CHOSE CONTRE ÇA...
NE DIS PAS ÇA ! COMMENT JE POURRAIS VIVRE SANS TOI ?... SANS TOI, JE... JE NE SUIS PLUS RIEN..
LE DOCTEUR A DIT QUE JE NE POURRAIS PLUS JAMAIS AVOIR D'ENFANTS...
ON VA EN ADOPTER UN ! UN MÔME, C'EST UN MÔME, JE M'EN FOUS SI C'EST PAS MOI QUI L'AI FAIT.
J'AI PAS RAISON ?
BIEN SÛR QUE SI...
MAIS ÇA NE SERA PAS FACILE... ON N'A PAS BEAUCOUP DE SOUS ET ON TRAVAILLE TOUT LE TEMPS... JE NE SAIS PAS SI L'ASSISTANCE PUBLIQUE NOUS CONFIERA UN ENFANT...

ON VA REVENDRE LE CAFÉ, JE TROUVERAI UN AUTRE TRAVAIL.
J'AI UN MÉTIER, LA TYPOGRAPHIE, C'EST COMME LE VÉLO, ÇA SE PERD PAS !
ON VERRA, MON FERNAND, ON VERRA... JE SUIS TROP FATIGUÉE POUR PENSER À ÇA MAINTENANT...
VOUS N'AVEZ PAS PU EN ADOPTER ?
OH NON, C'EST PAS SIMPLE...
ON NE REMPLISSAIT JAMAIS LES CONDITIONS...
ILS NOUS ONT DIT QUE LE LOGEMENT ÉTAIT TROP PETIT ET QU'UN CAFÉ CE N'ÉTAIT PAS UN ENDROIT IDÉAL POUR ÉLEVER UN ENFANT, ALORS ON A PRIS DES CRÉDITS, ON A DÉMÉNAGÉ ET ON A OUVERT UN ROUTIER.
RESTAURANT
BAR
IL FALLAIT AUSSI QU'ON AIT UNE CHAMBRE SPÉCIALEMENT POUR LE PETIT, ALORS ON A FAIT DES TRAVAUX.
LES ANNÉES ONT PASSÉ, IL N'Y AVAIT JAMAIS RIEN QUI LEUR ALLAIT...
ON S'EST LASSÉS DE SE BATTRE CONTRE L'ADMINISTRATION...
VOUS NE REGRETTEZ PAS TROP ?
NON...

ET UN BEAUJOLAIS, UN !
C'EST POUR QUI, LE CASSOULET ?
HAAAA, LE CASSOULET, C'EST POUR MOI !
JE TE PRÉVIENS, SI TU PÈTES DANS LE CAMION, TU FINIS LE VOYAGE À PIED !
TU PÈTES JAMAIS, TOI ?
PAS DANS LE CAMION !
DE TOUTE FAÇON, MOI, QUAND JE PÈTE, ÇA SENT PAS !
TOI, TU SENS PAS, MOI JE SENS !
ÇA VOLE HAUT, LA CONVERSATION AUJOURD'HUI !
JE DEVRAIS AVOIR UNE PRIME DE RISQUE À VOYAGER AVEC LUI !
À CHAQUE FOIS QU'IL Y A DU CASSOULET AU MENU, C'EST LA MÊME CHOSE !
T'AS QU'À PLUS EN FAIRE !
TU NE LES CONNAIS PAS ! SI JE LEUR DIS ÇA, ILS VONT ME FAIRE TOUT UN CIRQUE...
À PROPOS DE CIRQUE, VOILÀ DÉJÀ LE CLOWN !

BIJOUR LES PETITS NENFANTS !
UN JUS DI TOMATE, SIVOUPLÉ... CI POUR FAIRE ROUGIR MON NEZ.
TU VEUX PAS DU BEAUJOLAIS DANS TON JUS DE TOMATE ?
PIRQUOI VOUS DITES ÇA ?
ARRÊTE TES CONNERIES, PIERROT !
ET MOI JE NE SUIS PAS COLOMBINE !
JI SUIS PAS PIERROT...
COMMENT TU M'AS RECONNU ?
T'ES CON, TOI ALORS ! QU'EST-CE QUI T'ARRIVES, TU TRAVAILLES CHEZ PINDER ?
TU CROIS PAS SI BIEN DIRE, JE REMPLACE MON BEAU-FRÈRE AUX GRANDS MAGASINS. J'AMUSE LES ENFANTS AU RAYON JOUETS.
ÇA ME VA BIEN, NON ?
TU ES TRÈS BEAU, PIERROT ! TU NE BOSSES PLUS À L'USINE ?
PAS EN CE MOMENT ! T'AS VU CE QUI SE PASSE ?

10 ANS, ÇA SUFFIT ! 10 ANS, ÇA SUFFIT !
... LES SYNDICATS OUVRIERS CGT ET CFDT ONT APPORTÉ LEUR SOUTIEN AUX ORGANISATIONS REPRÉSENTATIVES D'ÉTUDIANTS ET CE SONT PLUS DE 800 000 PERSONNES QUI ONT DÉFILÉ DANS PARIS...
ILS VONT TOUT CRAMER !
POMPIDOU VA ARRANGER ÇA ! TU L'AS PAS ENTENDU À LA TÉLÉ ? IL A DIT QU'IL ALLAIT VIRER LES AGITATEURS PROFESSIONNELS !
PFF ! POMPIDOU, TU PARLES D'UN PREMIER MINISTRE !
IL EST GRAND TEMPS QUE LE GOUVERNEMENT S'EN AILLE !
IL EN VEUT, CE MITTERRAND ! IL SE LAISSE PAS FAIRE !
UN JOUR IL SERA PRÉSIDENT DE LA RÉPUBLIQUE. IL VA PIQUER LA PLACE AU GÉNÉRAL !
PAS SÛR, PAS SÛR...
QUAND IL ÉTAIT MINISTRE DE L'INTÉRIEUR, IL ÉTAIT PAS TROP AIMÉ, LE MITTERRAND...
T'AS VU LE SCORE QU'IL A FAIT, EN 65 ? PRESQUE 45 % ! C'EST PAS RIEN !
TU VERRAS, LE PROCHAIN COUP !

EH BIEN NOUS SOMMES DONC DIMANCHE 10 MAI 1981, LE DEUXIÈME TOUR DE L'ÉLECTION PRÉSIDENTIELLE, NOUS VIVONS, ENSEMBLE, UN MOMENT DÉCISIF... DANS QUELQUES SECONDES, EFFECTIVEMENT...
SOYONS À L'HEURE...
15 EUH 25 SECONDES PARDON...
DANS QUELQUES SECONDES VOUS ALLEZ CONNAÎTRE LE NOM DU PRÉSIDENT DE LA RÉPUBLIQUE... DANS TOUS LES ÉTATS MAJORS, UN PEU PARTOUT...
... DANS TOUS LES FOYERS, ON ATTEND CE RÉSULTAT, EFFECTIVEMENT, VOUS L'AUREZ À L'HEURE PRÉCISE...
15 SECONDES...
10 SECONDES...
5... 4... 3... 2... 1...
ina.fr
ina.fr
FRANÇOIS MITTERRAND EST ÉLU PRÉSIDENT DE LA RÉPUBLIQUE... NOUS RÉPÉTONS DONC, ESTIMATION CII HONEYWELL BULL, FRANÇOIS MITTERRAND EST ÉLU PRÉSIDENT DE LA RÉPUBLIQUE À 51,7 %, VALÉRY GISCARD D'ESTAING, 48,3 %.
ina.fr
ON TENAIT NOTRE ROUTIER AVEC ÉDITH... QUAND LE PORTRAIT S'EST AFFICHÉ SUR L'ÉCRAN, IL Y A EU UN GRAND SILENCE...
MON MARI EST DÉCÉDÉ UN MOIS AVANT LES ÉLECTIONS DE 81. LUI QUI AVAIT MILITÉ POUR QUE MITTERRAND SOIT ÉLU, IL N'AURA JAMAIS VU SON RÊVE S'ACCOMPLIR.
AH ÇA, C'ÉTAIT QUELQUE CHOSE EN 81, JE M'EN SOUVIENS BIEN...

LE TEMPS S'EST ARRÊTÉ... TROP D'ÉMOTION...
ET PUIS, ÇA A EXPLOSÉ DE JOIE. LES GENS SORTAIENT DE PARTOUT.
ON A GAGNÉ !
BIP BIPPP
CE N'EST QU'UN DÉBUT, CONTINUONS LE COMBAT !
BIPP BIPPP BIPPP
LE CHAMPAGNE COULAIT À FLOTS, LES GENS DANSAIENT, ESSUYAIENT LEURS LARMES... C'ÉTAIT BEAU...
VOTRE MITTERRAND, EN TOUS CAS, IL NE M'A PAS BEAUCOUP AUGMENTÉ MA RETRAITE !
C'EST POUR ÇA QUE J'AI VENDU MA MAISON. JE NE POUVAIS PLUS PAYER LES FRAIS.
PIS JE M'ENNUYAIS TOUT SEUL. ICI AU MOINS, ON N'EST PAS SEUL.
N'EST-CE PAS QU'ON N'EST PAS SEUL, ICI ?
C'EST VRAI QUE JE ME SENS BIEN AVEC VOUS...
JE VOULAIS DIRE AVEC VOUS... AVEC VOUS TOUS...
C'EST GENTIL... MAIS VOUS POUVEZ ME TUTOYER...
AH...
JE ME SENS BIEN AVEC VOUS AUSSI, PROSPER... ENFIN, JE VEUX DIRE... AVEC TOI...
MES ENFANTS ONT APPORTÉ DES CHOCOLATS !
HUUMMM ! J'AIME ÇA LE CHOCOLAT !
AUTANT QUE LE RAMEQUIN ?
AUTANT QUE LE RAMEQUIN !
GNAM GNAM

QUI VEUT DU RAMEQUIN ?
HUUMMM ! J'AIME ÇA LE RAMEQUIN !
AUTANT QUE LE CHOCOLAT ?
AUTANT QUE LE CHOCO-LAT !
C'EST QUOI LE RAMEQUIN ?
VOUS NE CONNAISSEZ PAS ? C'EST VRAI QUE ÇA NE FAIT PAS LONGTEMPS QUE VOUS ÊTES ICI...
LE RAMEQUIN, C'EST UN DÉLICE, MA PETITE JEANNE - ÇA NE VOUS DÉRANGE PAS QUE JE VOUS APPELLE «MA PETITE JEANNE» ?
VOUS TROUVEZ QUE JE SUIS SI PETITE QUE ÇA ?
LE RAMEQUIN, C'EST UNE SPÉCIALITÉ DU BUGEY. C'EST UN FROMAGE QU'ON FAIT FONDRE AVEC DU BEURRE, DE L'AIL, DU SEL, DU POIVRE... ÇA SE MANGE COMME UNE FONDUE, ON TREMPE DES MORCEAUX DE PAIN DEDANS.
GOÛTEZ, VOUS M'EN DIREZ DES NOUVELLES !
ALORS ?
GNAM GNAM
C'EST VRAI QUE C'EST BON !
JE VOUS L'AVAIS DIT !

AILLE SPIKE ENGLISH JUSTE EU LITTEUL...
VOUS PARLEZ BIEN ANGLAIS, DITES DONC !
ELLE S'ÉTAIT INSCRITE DANS UN CLUB POUR APPRENDRE. QUAND ON A VOYAGÉ, ELLE SE DÉBROUILLAIT PARTOUT.
N'EXAGÈRE PAS...
LA RETRAITE, ON VOULAIT EN PROFITER...
VOUS AVIEZ VOYAGÉ AVANT ?
JAMAIS ! 32 ANS DERRIÈRE UN COMPTOIR, SANS UN JOUR DE VACANCES. ON ÉCOUTAIT LES CLIENTS NOUS RACONTER LES LEURS.
AU REVOIR FERNAND
AU REVOIR EDITH !
QUAND ON A ARRÊTÉ LE CAFÉ, ÇA A ÉTÉ LA RÉVOLUTION DANS LE PAYS.
C'ÉTAIT EN 89, L'ANNÉE DU BICENTENAIRE.
CHEZ FERNAND ET EDITH
BOM
BOM
BOM
BOM
ON A QUITTÉ LA BOUTIQUE LE 14 JUILLET !

ÇA VA ÊTRE QUOI VOTRE PREMIER VOYAGE ?
AU REVOIR FERNAND
AU REVOIR EDITH !
L'AMÉRIQUE !
EH BEN ! C'EST PAS À CÔTÉ !
FERNAND EN AMÉRIQUE, COMME TINTIN !
DEPUIS QU'ON A ACCROCHÉ CETTE AFFICHE, ON LA REGARDE TOUS LES JOURS !
C'EST BIEN L'AMÉRIQUE ?
C'EST GIGANTESQUE !

VOUS AVEZ BEAUCOUP VOYAGÉ ?
ON A FAIT LE TOUR DU MONDE !
EN 80 JOURS ?
AH NON, ON A PRIS NOTRE TEMPS !
ON VOULAIT VOIR TOUT CE QU'ON AVAIT VU À LA TÉLÉ...
EN VRAI, C'EST AUTRE CHOSE...
ÇA EN FAIT DES SOUVENIRS !

LES SOUVENIRS, C'EST PAS TOUJOURS DU BONHEUR... ÇA TE RAPPELLE QUE T'AS ÉTÉ JEUNE...
ET SI TU TE RAPPELLES QUE TU AS ÉTÉ JEUNE, EH BEN C'EST QUE MAINTENANT T'ES VIEUX !
MOI NON PLUS J'AIME PAS LES SOUVENIRS... ÇA ME RAPPELLE MA FEMME !
POURQUOI ÊTES-VOUS TOUJOURS AIGRI QUAND VOUS PARLEZ DE VOTRE FEMME ? IL Y A LONGTEMPS QUE VOUS N'ÊTES PLUS AVEC ELLE...
...
VOUS AURIEZ DÛ REFAIRE VOTRE VIE...
QU'EST-CE QUE ÇA VEUT DIRE « REFAIRE SA VIE » ? ON PEUT LA FAIRE, LA DÉFAIRE ? COMME UN CHÂTEAU DE CARTES ?
ÇA VEUT DIRE QU'ON PEUT CONTINUER DE CHERCHER LE BONHEUR... UN HOMME ET UNE FEMME, C'EST DU BONHEUR...
UN HOMME ET UNE FEMME, C'EST DU LELOUCH !
C'EST UN BEAU FILM, UNE BELLE HISTOIRE D'AMOUR... IL RACONTE DE TRÈS BELLES HISTOIRES D'AMOUR CE MONSIEUR LELOUCH...
C'EST VRAI...
VOUS ME FAITES PLAISIR, MONSIEUR PAUL-ÉMILE, POUR UNE FOIS, VOUS N'ÊTES PAS NÉGATIF...
N'EMPÊCHE... L'AMOUR ÇA SE TERMINE TOUJOURS DE LA MÊME FAÇON. ON EST TROMPÉ OU QUITTÉ !
ELLE VOUS A TROMPÉ, VOTRE FEMME ?
...
...
ELLE VOUS A QUITTÉ ?
TROMPÉ PUIS QUITTÉ ?

C'EST POUR ÇA QUE VOUS PRÉFÉREZ DIRE QUE C'EST VOUS QUI ÊTES PARTI ?
VOUS ÊTES GENTILLE, MADAME ÉDITH... FAUT PAS ME REMUER CES CHOSES-LÀ...
QU'EST-CE QU'IL A ? IL NE T'A PAS ENNUYÉE, J'ESPÈRE ?
PAS DU TOUT... LE PAUVRE...
UN PETIT VERRE, FERNAND ?
MERCI, C'EST BON ! JE VAIS PLUTÔT PRENDRE UN JUS DE FRUITS.
VOUS AVEZ RAISON, MONSIEUR FERNAND. VOUS AUSSI MONSIEUR PROSPER, VOUS DEVRIEZ ÊTRE RAISONNABLE.
TU DIS ÇA TOUT LE TEMPS, MATHIAS ! JE N'AI PAS ENVIE D'ÊTRE RAISONNABLE. J'AI 83 PIGES, SI ÇA SE TROUVE, DANS SIX MOIS, JE SERAI MORT...
OUI MAIS EN BUVANT...
QUOI, « EN BUVANT » ? JE VAIS MOURIR TROIS MOIS PLUS TÔT ? LA BELLE AFFAIRE !
TU CONNAIS LE PROVERBE ? L'ALCOOL TUE LENTEMENT MAIS MOI JE M'EN FOUS...
OUI JE SAIS : *VOUS N'ÊTES PAS PRESSÉ !*
HA HA HA !
AH LÀ LÀ CELUI-LÀ !
SI J'EN PROFITE PAS À MON ÂGE !... PERSONNE VIENDRA ME PORTER LE PASTIS DANS LE CERCUEIL !
VOUS N'AVEZ PAS ENVIE D'ÊTRE CENTENAIRE ?
ÇA C'EST UNE BONNE IDÉE ! LE DIRECTEUR ORGANISERA UNE FÊTE... ET JE BOIRAI UN PETIT COUP !
HA HA HA HA

TOI QUI AS FAIT BISTROT PENDANT 30 PIGES, TU DOIS ÊTRE RODÉ ? UN TAULIER, ÇA TRINQUE AVEC LES CLIENTS, NON ?
C'EST SÛR... MAIS TON FOIE AUSSI, IL TRINQUE AVEC LES CLIENTS !
VINGT À TRENTE FOIS PAR JOUR ON TE PROPOSE DE BOIRE LE COUP, SI TU PRENDS UN VERRE À CHAQUE FOIS, TU VAS PAS JUSQU'À LA RETRAITE.
REMETS-MOI ÇA... ET SERS-TOI SA PETITE SŒUR, C'EST MA TOURNÉE !
J'AI FAIT LE CALCUL : SI TU BOIS À CHAQUE FOIS, ÇA FAIT DEUX À TROIS LITRES D'ALCOOL PAR JOUR... 1 000 LITRES PAR AN !
1 000 LITRES PAR AN ? SACRÉ TONNEAU !
JE VIDAIS MON VERRE DISCRÈTEMENT DANS L'ÉVIER OU JE BUVAIS UN JUS DE FRUITS.
IL EST BIEN BON, TON PETIT BLANC !
IL SE LAISSE BOIRE !
PAMPLEMOUSSE, ANANAS, GOYAVE, TOMATE, J'AI TOUT GOÛTÉ ! C'EST POUR ÇA QUE J'AI LA FORME ! C'EST LE SECRET DE MA JEUNESSE ! FRINGANT COMME UN BÉBÉ LE FERNAND !
HA HA HA
NE TE FATIGUE PAS QUAND MÊME !
IL A TOUJOURS ÉTÉ COMME ÇA ?

TOUJOURS ... C'EST UN BON DANSEUR, VOUS SAVEZ...
ALLEZ VENEZ, MILORD, VOUS ASSEOIR À MA TABLE, IL FAIT SI FROID DEHORS ICI C'EST CONFORTABLE...
TOUTES LES FILLES VOULAIENT QU'IL SOIT LEUR CAVALIER, MAIS C'ÉTAIT AVEC MOI QU'IL DANSAIT.
ALLEZ RIEZ MILORD, ALLEZ CHANTEZ MILORD... TA DA DA DA DA DA...
COMMENT IL ÉTAIT, FERNAND, JEUNE ?
IL ÉTAIT BEAU...
VOUS AVEZ UNE PHOTO DE LUI ?
C'EST VRAI QUE C'EST UN BEL HOMME... UN BEAU SOLDAT...
JE VAIS VOUS RACONTER CE QU'IL A FAIT PENDANT LA GUERRE...

CASERNE BELLEVUE
IL AVAIT UN AUSWEIS, LE LAISSEZ-PASSER ALLEMAND VOUS SAVEZ, POUR POUVOIR ALLER EN ZONE LIBRE...
UN JOUR, UN SOLDAT LUI A DEMANDÉ S'IL POUVAIT LUI POSTER UNE LETTRE POUR SA FIANCÉE.
C'ÉTAIT TRÈS DANGEREUX ! SI LA LETTRE ÉTAIT DÉCOUVERTE, FERNAND POUVAIT ÊTRE ARRÊTÉ...
KONTROLLE
FERNAND A EU UNE IDÉE : LE SOLDAT LUI DISAIT CE QU'IL VOULAIT RACONTER À SA FIANCÉE...
UNE FOIS EN ZONE LIBRE, FERNAND ÉCRIVAIT CE QUE LE SOLDAT LUI AVAIT DIT ET L'ENVOYAIT À LA JEUNE FILLE.
LA FIANCÉE RÉPONDAIT DE LA MÊME FAÇON À UNE ADRESSE EN ZONE LIBRE.
FERNAND LISAIT LA RÉPONSE ET LA TRANSMETTAIT ENSUITE ORALEMENT À SON COPAIN.

IL FAISAIT PASSER L'AMOUR AU TRAVERS DES BARRAGES ALLEMANDS...
C'EST BEAU, NON ?
C'EST PAS BEAU, C'EST MAGNIFIQUE !
APRÈS LA GUERRE, FERNAND L'A REVU CE SOLDAT ? IL A PU RETROUVER SA FIANCÉE ?
LES HISTOIRES D'AMOUR NE SE TERMINENT PAS TOUJOURS BIEN... LA JEUNE FILLE S'EST FAIT TUER QUELQUES SEMAINES AVANT LA LIBÉRATION.
FERNAND ET LUI SONT DEVENUS DES AMIS INSÉPARABLES. ILS NE SE SONT PLUS JAMAIS QUITTÉS.
DES COPAINS, ON PEUT EN AVOIR DES QUANTITÉS, MAIS DES AMIS, NON, C'EST PAS POSSIBLE.
D'AILLEURS ON DIT QUE « LES AMIS, ÇA SE COMPTE SUR LES DOIGTS D'UNE MAIN ». ÇA VEUT BIEN DIRE QU'ON NE PEUT PAS EN AVOIR PLUS QUE CINQ !
J'EN AI EU TROIS DES AMIS, DES VRAIS. DEUX SONT MORTS DEPUIS LONGTEMPS ET LE DERNIER, C'ÉTAIT MON PIERROT, QUE J'AVAIS CONNU PENDANT LA GUERRE. IL ÉTAIT COMME MON FRÈRE ET...
ET ?...
... MORT LUI AUSSI... L'AN PASSÉ... UNE POURRITURE DE CANCER...

PUTAIN DE CRABE ! MA CHRISTIANE AUSSI, ELLE EST MORTE DE ÇA... « UNE TRÈS LONGUE MALADIE » COMME ILS DISENT À LA TÉLÉ...
QUATRE ANS, IL A SOUFFERT MON POTE, QUATRE ANS DE CALVAIRE...
C'EST POUR ÇA QU'ON EST VENUS AUX COQUELICOTS AVEC ÉDITH. QUAND T'AS PLUS D'AMIS, LA VIE EST UN PEU VIDE, PAS VRAI ?
T'EN AS DES AMIS, ICI...
C'EST BON DE NE PAS SE SENTIR SEUL.
DE QUOI ON PARLE, LES JEUNES ?
DE L'AMITIÉ, MATHIAS, DE L'AMITIÉ...
JOLI SUJET ! « L'AMITIÉ N'EXIGE RIEN EN ÉCHANGE, QUE DE L'ENTRETIEN » A DIT BRASSENS.
ÇA, BRASSENS, C'ÉTAIT QUELQU'UN QUI S'Y CONNAISSAIT EN AMITIÉ.
AH BON ?
IL L'A BIEN CHANTÉ, D'AILLEURS !
BAH QUOI ? TU VAS PAS ME DIRE QUE TU NE CONNAIS PAS ?
NON CE N'ÉTAIT PAS LE RADEAU...
AH OUI !
... DE LA MÉDUSE CE BATEAU, QU'ON SE LE DISE AU FOND DES PORTS...
DISE AU FOND DES PORTS !

IL NAVIGUAIT EN PÈR' PEINARD, SUR LA GRAND-MARE DES CANARDS, ET S'APP'LAIT LES COPAINS D'ABORD
LES COPAINS D'ABORD !
SES FLUCTUAT NEC MERGITUR, C'ÉTAIT PAS D'LA LITTÉRATURE...
IL A UNE SACRÉE ÉNERGIE, VOTRE FERNAND !
IL NOUS ENTERRERA TOUS !
LES COPAINS D'ABORD !
PA PA RA PA RA PA PA PA PA PA RA PA
PA RA PA PA RA PA RA PA RA PA PA PA
IL NE MANQUE PAS DE SOUFFLE, L'ANIMAL !
EH BEN ALORS FERNAND ?

KF KF...
MONSIEUR FERNAND ?
AH...
IL FAIT LE CLOWN, OU QUOI ?
FERNAND !
IL LUI FAUT DE L'AIR, ÉLOIGNEZ-VOUS !
MATHILDE, APPELLE LE TOUBIB !
FERNAND...
QU'EST-CE QUE ?...
JE NE ME SENS PAS TRÈS... JE...
AIDEZ-MOI !
LE DOCTEUR REYNAUD ARRIVE TOUT DE SUITE !

RIEN DE BIEN GRAVE... UN MALAISE VAGAL DÛ À UNE LÉGÈRE HYPOTENSION...
VOUS AVEZ FAIT DES EXCÈS AUJOURD'HUI !
À PEINE...
ET MADAME ÉDITH ?
UN LÉGER MALAISE, L'ÉMOTION...
C'EST UNE PERSONNE TRÈS SENSIBLE...
VOUS PRÉVOYEZ UN TRAITEMENT ?
RIEN DE PARTICULIER. UN PETIT RÉGIME POUR MONSIEUR, PEUT-ÊTRE...
ÇA NE VA PAS TELLEMENT LUI PLAIRE...
ON NE FAIT PAS TOUJOURS CE QU'ON VEUT POUR AVOIR LA SANTÉ !
J'AIMERAIS BIEN ÊTRE COMME VOUS AU MÊME ÂGE !
MESSIEURS-DAMES...
AU REVOIR, DOCTEUR !
ALORS ?
TOUT VA BIEN, TOUT VA BIEN, NE VOUS INQUIÉTEZ PAS ! IL FAUT LES LAISSER SE REPOSER.
ILS NOUS ONT FAIT PEUR !
À NOS ÂGES UN MALHEUR EST SI VITE ARRIVÉ...

J'AI EU TELLEMENT PEUR... J'AI CRU QUE... QUE...
JUSTE AVANT DE M'ÉVANOUIR, J'AI VU...
... LE 11 AOÛT 1999...
LE QUOI ?
L'ÉCLIPSE TOTALE DU SOLEIL. ON ÉTAIT ALLÉS LA VOIR DU CÔTÉ DE GISORS, TU TE SOUVIENS ÉDITH ?
OH OUI JE ME SOUVIENS ! ÇA NE S'OUBLIE PAS UN SPECTACLE PAREIL.
AU FUR ET À MESURE QUE LE SOLEIL SE CACHAIT, TU SERRAIS MA MAIN...
TU T'ACCROCHAIS À MOI, MON ÉDITH, DE PLUS EN PLUS FORT...
NOUS ÉTIONS DES MILLIERS MAIS LE MONDE S'ÉVANOUISSAIT AUTOUR DE NOUS...
QUAND LE SOLEIL A TOTALEMENT DISPARU, IL NE RESTAIT QUE NOUS DEUX...
NOUS DEUX POUR LA VIE...

QU'EST-CE QUE JE DEVIENDRAIS SI...
SI ?
TU SAIS BIEN... SI...
TU AS FAIT UN MALAISE, ÇA PEUT SE REPRODUIRE.
TU AS ENTENDU LE TOUBIB ? C'EST RIEN DU TOUT !
JE N'AURAI PAS LA FORCE...
... DE VIVRE SANS TOI.
IL N'EN EST PAS QUESTION !
L'HORLOGE VA BIEN FINIR PAR S'ARRÊTER DE TOURNER... POUR TOI OU POUR MOI...
IL NE FAUT PAS PENSER À ÇA...
L'UN DE NOUS DEUX VA FINIR LE VOYAGE TOUT SEUL...
JE N'AI PAS ENVIE DE VIVRE SANS TOI, MON FERNAND...
MOI NON PLUS, MON ÉDITH, MOI NON PLUS...

NOUS AURONS DES LITS PLEINS D'ODEURS LÉGÈRES,
DES DIVANS PROFONDS COMME DES TOMBEAUX,

ET D'ÉTRANGES FLEURS SUR DES ÉTAGÈRES,
ÉCLOSES POUR NOUS SOUS DES CIEUX PLUS BEAUX.

USANT À L'ENVI LEURS CHALEURS DERNIÈRES,
NOS DEUX CŒURS SERONT DEUX VASTES
FLAMBEAUX,

QUI RÉFLÉCHIRONT
LEURS DOUBLES
LUMIÈRES
DANS NOS DEUX
ESPRITS, CES
MIROIRS JUMEAUX.

UN SOIR FAIT DE ROSE ET DE BLEU MYSTIQUE,
NOUS ÉCHANGERONS UN ÉCLAIR UNIQUE,

COMME UN LONG SANGLOT, TOUT CHARGÉ D'ADIEUX ;

ET PLUS TARD UN ANGE, ENTR'OUVRANT LES PORTES,
VIENDRA RANIMER, FIDÈLE ET JOYEUX,

LES MIROIRS TERNIS ET LES FLAMMES MORTES.

(LA MORT DES AMANTS, CHARLES BAUDELAIRE)

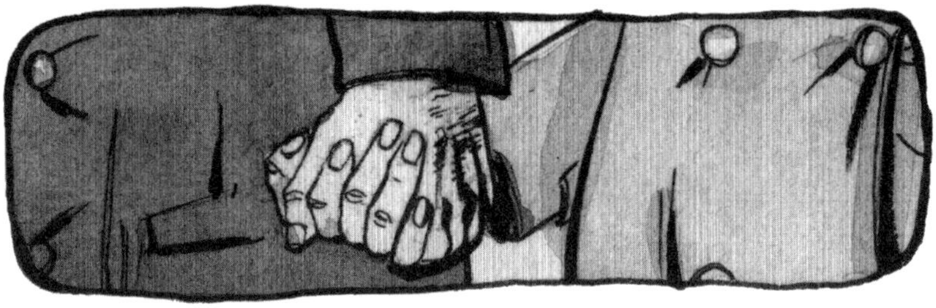

COMMENT ÇA « ENCORE HEUREUX » ?
ILS N'IMAGINAIENT SANS DOUTE PAS POUVOIR VIVRE L'UN SANS L'AUTRE... ET À CET ÂGE-LÀ...
VOUS CROYEZ QUE C'EST POUR ÇA QUE...
QU'ILS ONT CHOISI DE PARTIR ENSEMBLE ? CERTAINEMENT.
EH BEN... SACRÉE PREUVE D'AMOUR !
ILS AVAIENT DE LA FAMILLE ?
PAS QUE JE SACHE. ILS N'EN PARLAIENT PAS, PERSONNE NE VENAIT LES VOIR...
SAMU
TRISTE FIN !
BRUTALE, D'ACCORD, MAIS PAS TRISTE. ILS SONT PARTIS TOUS LES DEUX, MAIN DANS LA MAIN, COMME ILS ONT VÉCU TOUTE LEUR VIE. BELLE HISTOIRE D'AMOUR, NON ?
QUAND MÊME... LE LYON-SAINT-GERVAIS !
EN SE JETANT SOUS UN TRAIN, ILS ÉTAIENT CERTAINS DE NE PAS MANQUER LEUR COUP...
VOILÀ MATHILDE, MA COLLABORATRICE...
SI VOUS VOULEZ LUI POSER DES QUESTIONS, ELLE CONNAÎT BIEN LES PENSIONNAIRES DES COQUELICOTS...
J'AI TROUVÉ CETTE LETTRE DANS LEUR CHAMBRE, BIEN EN ÉVIDENCE SUR LE LIT.

Nous penserons bien à vous tous,
que votre vie soit aussi belle que
l'à été la notre.
Ne soyez pas triste. Nous le sommes
pas. Nous sommes heureux d'être unis
pour toujours.
Édith
Fernand
QU'EST-CE QUE JE VOUS DISAIS ?!
JE VOUS CONFIE LA LETTRE POUR VOTRE ENQUÊTE ?
L'ENQUÊTE, ELLE VA ÊTRE VITE CLOSE...
D'APRÈS CE QU'ILS ÉCRIVENT, ILS ONT ORGANISÉ LEURS OBSÈQUES. ILS ONT MÊME COMMANDÉ LEURS PROPRES FLEURS !
OUI, J'AI LU ÇA...
TOUT LE MONDE EST TRISTE, AUX COQUELICOTS... MADAME ODETTE EST EFFONDRÉE, MADEMOISELLE JEANNE PLEURE DANS LES BRAS DE MONSIEUR PROSPER, MÊME MONSIEUR PAUL-ÉMILE SEMBLAIT ABATTU.
JE LES AIMAIS BEAUCOUP, MONSIEUR FERNAND ET MADAME ÉDITH...
MOI AUSSI, MATHILDE, MOI AUSSI...
... NOUS LES AIMIONS TOUS BEAUCOUP...
VOUS CROYEZ QUE... QUE C'EST UN PEU NOTRE FAUTE... QU'ON N'A PAS SU VOIR QU'ILS ÉTAIENT EN DÉTRESSE... QU'ILS ÉTAIENT MALHEUREUX ?
ILS N'ÉTAIENT PAS MALHEUREUX, MATHILDE, ILS ÉTAIENT AMOUREUX...
MAGNIFIQUEMENT AMOUREUX...

C'EST LUI QUE MON CŒUR A CHOISI ET QUAND IL ME TIENT CONTRE LUI
DANS SES YEUX CARESSANTS JE VOIS LE CIEL QUI FOUT LE CAMP
C'EST BON... C'EST ÉPATANT !

LES PETITES HISTOIRES DE LA GRANDE HISTOIRE

LA COCOTTE MINUTE

Lorsque les frères Lescure veulent présenter leur nouvelle invention au Salon des Arts ménagers de 1954, le directeur du salon refuse.
Frédéric Lescure, bien décidé à commercialiser son autocuiseur à vapeur, décide de l'exposer à l'extérieur du salon. Pour se faire remarquer, il fait sa propre publicité sous la forme d'une chansonnette. Son obstination portera ses fruits. C'est immédiatement le succès. La Cocotte minute de la société SEB (Société d'emboutissage de Bourgogne) va se vendre à 130 000 exemplaires dès la première année. Six ans plus tard, ce sont près de 500 000 Cocottes qui se vendent chaque année. Et aujourd'hui, il n'est pas un foyer qui n'en possède une.

LE RAMEQUIN

Le ramequin est une spécialité culinaire de Saint-Rambert-en-Bugey.
Il s'agit d'un fromage de vache sec que l'on fait fondre avec de l'ail, de l'eau et de la farine, et que l'on mange comme une fondue savoyarde, en y trempant des bouts de pain.
L'origine du ramequin semble remonter au XVIIe siècle mais il n'a été véritablement fabriqué en série qu'à compter des années cinquante. Aujourd'hui, le ramequin n'est plus fabriqué que par les fermiers pour leur propre consommation, et par une entreprise de Saint-Rambert qui en vend une dizaine de tonnes par an.

L'ABBÉ PIERRE

De son vrai nom Henri Grouès, l'abbé Pierre est né le 5 août 1912 à Lyon. Il entre dans les ordres franciscains à 17 ans, après avoir eu un «coup de foudre avec Dieu», selon ses propres mots.

En 1949 il fonde le mouvement *Emmaüs* (nom faisant référence à un lieu-dit de Palestine cité dans l'évangile selon saint Luc) dont la première communauté est établie à Neuilly-Plaisance.

C'est dans le contexte polaire de l'hiver 1954, l'un des plus froids du xxe siècle (la température tombe jusqu'à – 30 °) que l'Abbé Pierre lance sur les ondes de Radio-Luxembourg, le 1er février 1954, son célèbre appel à l'aide. Une femme est morte de froid dans la rue, l'abbé Pierre incite tous les Français à recueillir chez eux des sans-abri, à donner des couvertures et de la nourriture.

En quelques jours, son appel rapportera quelques 500 millions de francs de dons. De nombreux bénévoles le rejoignent pour aider à la redistribution des dons et fonder des communautés un peu partout en France.

Après une vie entière consacrée à aider les malheureux, l'abbé Pierre décède le 22 janvier 2007, à 94 ans. Il avait dit : « J'ai passé ma vie à prier Dieu pour mourir jeune, vous voyez, c'est raté ! »

LES COPAINS D'ABORD DE BRASSENS

Georges Brassens compose en 1964 la chanson *Les Copains d'abord* pour le générique du film *Les Copains* d'Yves Robert.

C'est peu dire que chez Brassens l'amitié est une valeur essentielle. Tout au long de sa vie, il sera fidèle à ceux qu'il aime : ses copains d'enfance sétois, Pierre Onteniente (Gibraltar), qu'il rencontre en 1943 en Allemagne et qui deviendra son secrétaire ; Jeanne (celle de *La Cane*) et Marcel (*L'Auvergnat*), qui le cachent en 1944 et chez qui il habitera pendant plus de vingt ans. René Fallet, Jacques Brel, Lino Ventura, Paul Fort. Sans oublier Jeha Heiman, sa Püppchen (« petite poupée »), la compagne avec qui il n'habitera jamais mais qui sera jusqu'au bout près de lui. L'amour et l'amitié, c'est la même chose, a dit Brassens.

LE CONCERT D'ÉDITH PIAF À LA TOUR EIFFEL

Édith Gassion, née le 19 décembre 1915 à Paris, est la fille d'un père acrobate et d'une mère chanteuse de rue et la petite-fille d'une chanteuse de cabaret qui fut écuyère et dresseuse de puces !
Elle a à peine 20 ans quand Louis Leplée, directeur du cabaret Le Gerny's, la repère dans une rue de Pigalle et baptise « la môme Piaf » ce petit bout de femme d'1,47 mètre. Leplée lui fait enregistrer son premier 78 tours en 1936. Dès ses débuts sur scène, la critique et le public sont immédiatement séduits par son talent. Édith Piaf enchaîne alors les succès dans la chanson ainsi qu'au théâtre et au cinéma. En vingt-cinq ans de carrière, Piaf a chanté des dizaines de chansons qui devinrent des classiques de la chanson française. En septembre 1962, bien que très malade, Édith Piaf donne une dernière série de concerts à l'Olympia. Le 25, pour la première mondiale du film *Le Jour le plus long*, elle chante du haut de la Tour Eiffel pour toute la ville de Paris.

MADEMOISELLE JEANNE & GASTON

Mademoiselle Jeanne, secrétaire responsable des archives, apparaît dans la 224e planche des péripéties de *Gaston Lagaffe*, le célèbre héros de Franquin. Romantique, timide et amoureuse platonique, elle est éperdument admirative du garçon de bureau des éditions Dupuis. Elle sera tour à tour spectatrice, cobaye, collaboratrice, ou victime des inventions de Gaston.
«Vous avez toujours de bonnes idées, vous, Monsieur Gaston», répète-t-elle avec le sourire en tortillant ses mains.

LES OBSÈQUES D'ÉDITH PIAF

Usée par les excès et l'abus de morphine, Édith décède le 10 octobre 1963 dans les environs de Grasse. Jean Cocteau, son ami de toujours, apprenant sa mort, déclare «C'est le bateau qui achève de couler. C'est ma dernière journée sur cette terre». Il meurt quelques heures plus tard.
Les funérailles d'Édith Piaf sont organisées à Paris le 14 octobre 1963.
Cent mille personnes sont rassemblées dans les rues de Paris pour se recueillir devant le cortège qui emporte son corps. Au cimetière du Père-Lachaise, ce sont plusieurs dizaines de milliers d'admirateurs qui l'attendent et veulent voir la tombe où elle est inhumée auprès de son père, mort en 1944, et de sa petite fille Marcelle, décédée à l'âge de deux ans en 1935.
Aujourd'hui encore, des visiteurs du monde entier viennent fleurir sa tombe.

LA MORT DU GÉNÉRAL DE GAULLE

9 novembre 1970, peu avant 19h, à Colombey-les-Deux-Églises. Dans le salon, la télé est allumée mais le son est coupé. Le général de Gaulle, assis à une petite table, fait une réussite en attendant le journal télévisé. Madame de Gaulle tricote. Soudain, il a des difficultés pour respirer et se plaint d'un mal de dos, puis s'affaisse dans son fauteuil. Madame de Gaulle appelle à l'aide et se précipite vers son mari.
Quelques minutes plus tard, le médecin arrive. Il diagnostique une rupture d'anévrisme abdominal. Le prêtre lui donne les derniers sacrements.

MAI 68

Tout a commencé par une révolte des étudiants, pour petit à petit s'étendre au monde ouvrier et à la quasi-totalité de la population, qui remettait en cause le régime instauré par le général de Gaulle depuis 1958.

Cette révolte était autant politique que sociale ou culturelle. Refuser la soumission, braver les interdits, contester le pouvoir, libérer les mœurs, du passé, il fallait faire table rase. Changer la vie, changer le monde. Une grève générale sauvage s'étend à tout le pays. Des millions de personnes descendent dans la rue au son de slogans comme « Sous les pavés, la plage », « Il est interdit d'interdire » ou « Soyez réaliste, demandez l'impossible ! ». Des pavés volent, des voitures brûlent, des magasins sont saccagés, des manifestants et des CRS blessés, ce n'est pas la Révolution, mais presque. Ce sont les « événements » de Mai 68.

L'ÉLECTION DE FRANÇOIS MITTERRAND

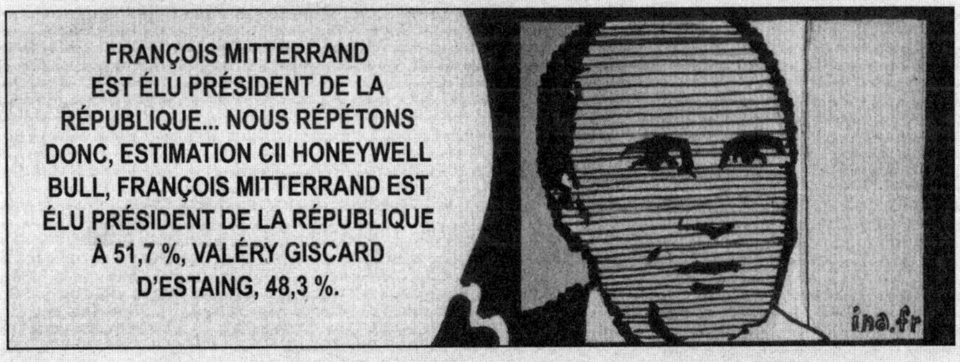

Le 10 mai 1981, François Mitterrand est élu président de la République avec 51,76 % des voix, face à Valéry Giscard d'Estaing.

Il s'était déjà présenté aux élections présidentielles en 1965 (« Un président jeune pour une France moderne ») face au général de Gaulle et en 1974 face à Valéry Giscard d'Estaing.

À la suite de son élection, son gouvernement votera plusieurs mesures sociales importantes comme la semaine de 39 heures, la cinquième semaine de congés payés, la retraite à 60 ans, l'abolition de la peine de mort, la dépénalisation de l'avortement et de l'homosexualité.

LA MORT D'HUMPHREY BOGART

Surnommé Bogie (ou Bogey), Humphrey Bogart tourne pour la première fois avec Lauren Bacall dans le film *Le Port de l'angoisse* de Howard Hawks, en 1944. C'est le premier film de celle qu'on surnommera "The Look", suite au regard qu'elle lance à Bogart dans une scène du film.
Imper mastic, feutre mou, cigarette au coin des lèvres et verre de whisky à la main, Humphrey Bogart représente l'incarnation même du détective privé. Redouté à Hollywood pour son franc-parler, il avait coutume de dire « Après huit verres de whisky, je suis en pleine possession de mes moyens ».
Mariés en 1945, Humphrey Bogart et Lauren Bacall resteront ensemble jusqu'à la mort de l'acteur le 14 janvier 1957. Ils représentent encore aujourd'hui un couple mythique du cinéma.
Sur sa tombe est inscrit "If you want anything, just whistle" *(Si tu veux quelque chose, il suffit de siffler)* célèbre réplique du *Port de l'Angoisse*.

LES TONTONS FLINGUEURS

Les Tontons Flingueurs (1963) est un film de Georges Lautner, adapté d'un roman d'Albert Simonin, dialogué par Michel Audiard.
Lino Ventura, Francis Blanche, Claude Rich, Robert Dalban, Jean Lefebvre, Venantino Venantini et l'immense Bernard Blier dans le rôle de Raoul Volfoni : *« … J'vais lui montrer qui c'est Raoul. aux quatre coins d'Paris qu'on va l'retrouver, éparpillé par petits bouts façon puzzle... moi quand on m'en fait trop j'correctionne plus, j'dynamite... j'disperse... et j'ventile... Mais y connaît pas Raoul ce mec ! Y va avoir un réveil pénible... J'ai voulu être diplomate à cause de vous tous, éviter qu'le sang coule... mais maintenant c'est fini... Je vais le travailler en férocité... le faire marcher à coups de latte...*
Y dors le gros con ?... bah y dormira encore mieux quand il aura pris ça dans la gueule ! Il entendra chanter les anges le gugusse de Montauban... je vais le renvoyer tout droit à la maison mère... au terminus des prétentieux… »

LE JEU DE BOULES

Le jeu de boules est un sport très ancien dont l'origine en France remonte aux Romains. C'est à partir du XVIIIe siècle que le jeu est pratiqué dans toute la France. Dans le Sud, c'est le jeu provençal qui donnera ensuite naissance à la pétanque. Dans la région lyonnaise, c'est le jeu de boules, également appelé boule lyonnaise.
En 1900, a lieu le premier championnat de France.
Le jeu de boules lyonnaises se pratique sur un terrain, le boulodrome, de 27,50 mètres de long avec des boules de 90 à 110 millimètres d'un poids de 900 à 1 200 grammes. Le but, le fameux « cochonnet » est une boule de bois de +/- 35 millimètres.
Le principe, que tout le monde connaît, consiste en ce qu'une équipe lance le maximum de boules le plus près possible du but. La partie se joue en 11 points. Le perdant paie l'apéro. Et s'il n'a marqué aucun point, il se doit d'embrasser le postérieur de la « Fanny ».

L'ÉCLIPSE DU 11 AOÛT 1999

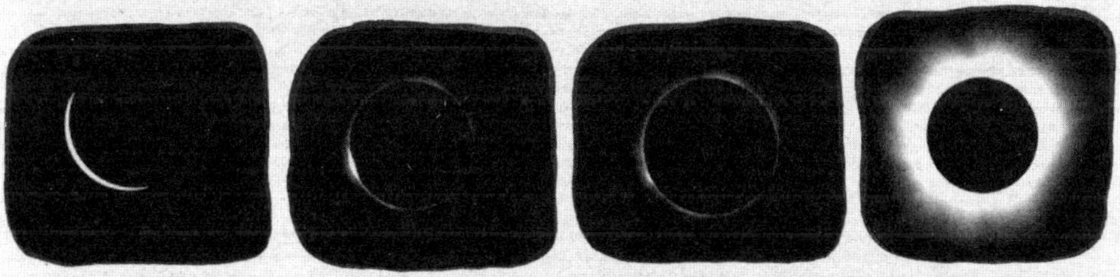

Ce fut la dernière éclipse totale du siècle et même du millénaire. La bande d'obscurité couvrait une centaine de kilomètres de large et traversa la France d'est en ouest en à peine un quart d'heure.
C'est en Normandie, en Picardie et en Champagne que l'événement pu être le mieux observé, le ciel nuageux acceptant de se dissiper lorsque le Soleil disparut.
Largement médiatisé, le phénomène attira de nombreux spectateurs qui se déplacèrent dans les régions concernées pour l'observer, le nez chaussé d'une paire de lunettes spéciales.

LA MORT DES AMANTS DE CHARLES BAUDELAIRE

La Mort des amants, poème extrait du recueil *Les Fleurs du Mal*, présente une vision heureuse de la mort. Une mort qui ne sépare pas ceux qui s'aiment, ils restent unis dans un bonheur que la mort ne peut briser, jusqu'à ce que la vie renaisse encore plus belle et offre encore la même indéfectible union des amants.

Nous aurons des lits pleins d'odeurs légères,
Des divans profonds comme des tombeaux,
Et d'étranges fleurs sur des étagères,
Écloses pour nous sous des cieux plus beaux.

Usant à l'envi leurs chaleurs dernières,
Nos deux cœurs seront deux vastes flambeaux,
Qui réfléchiront leurs doubles lumières
Dans nos deux esprits, ces miroirs jumeaux.

Un soir fait de rose et de bleu mystique,
Nous échangerons un éclair unique,
Comme un long sanglot, tout chargé d'adieux ;
Et plus tard un Ange, entr'ouvrant les portes,
Viendra ranimer, fidèle et joyeux,
Les miroirs ternis et les flammes mortes.

LES CHANSONS DE PIAF

que Fernand et Édith écoutent...

- *C'est lui que mon cœur a choisi* (1938) – Paroles : Raymond Asso. Musique : Max d'Yresne.
- *L'Accordéoniste* (1942) Paroles et musique : Michel Emer.
- *La Vie en rose* (1946) Paroles : Édith Piaf. Musique : Louiguy et Marguerite Monnot.
- *Padam Padam* (1951) – Paroles : Henri Contet. Musique : Norbert Glanzberg.
- *Je t'ai dans la peau* (1952) – Paroles : Jacques Pills. Musique : Gilbert Bécaud.
- *Sous le ciel de Paris* (1954) – Paroles : Jean Dréjac. Musique : Hubert Giraud.
- *La Foule* (1957) – Paroles Michel Rivgauche. Musique : Ángel Cabral.
- *Mon Manège à moi* (1958) – Paroles : Jean Constantin. Musique : Norbert Glanzberg.
- *Milord* (1959) – Paroles : Georges Moustaki. Musique : Marguerite Monnot.

LA COLLECTION casterman écritures

L'AUTOROUTE DU SOLEIL
NOIR
Baru

BREAKFAST AFTER NOON
Watson

QUARTIER LOINTAIN (2 tomes)
L'HOMME QUI MARCHE
LE JOURNAL DE MON PÈRE
TERRE DE RÊVES
UN CIEL RADIEUX
UN ZOO EN HIVER
Taniguchi

LES ANNÉES DOUCES (2 tomes)
Taniguchi & Kawakami

AU TEMPS DE BOTCHAN (tome 1)
Taniguchi & Sekikawa

L'ORME DU CAUCASE
Taniguchi & Utsumi

L'HOMME À LA FENÊTRE
Mattotti & Ambrosi

TACA TAC
Garcia & Goldestein

MARIKO PARADE
Boilet & Takahama

LE COMMIS VOYAGEUR (tome 1)
Seth

SOUPE FROIDE
BONNE SANTÉ
DROIT DU SOL
Charles Masson

BLANKETS – MANTEAU DE NEIGE
UN AMÉRICAIN EN BALADE
ADIEU CHUNKY RICE
Thompson

LILY LOVE PEACOCK
Fred Bernard

L'OMBRE
Pratt & Ongaro

LOUIS RIEL – L'INSURGÉ
Brown

PASOLINI – UNE RENCONTRE
LE ROI BLANC
Toffolo

OSAMU TEZUKA
BIOGRAPHIE 1928-1989 (4 tomes)
Tezuka Productions

BOBI
CHRONIQUES ALÉATOIRES
Bess

HISTOIRES URBAINES
DE JULIUS KNIPL, PHOTOGRAPHE
Ben Katchor

LA PLUIE
Lambé & De Pierpont

LE TERRAIN VAGUE
Hideji Oda

JAPON
CORÉE
CHINE
QUELQUES JOURS
EN FRANCE
Collectifs

LA NUIT DES CHATS BOTTÉS
Beuzelin & Fajardie

HISTOIRE COULEUR TERRE (3 tomes)
LA MAL AIMÉE
Kim Dong-hwa

L'INVENTION DE MOREL
J.-P. Mourey & A. Bioy Casares

PINK
Kyôko Okazaki

FLEUR (3 tomes)
Park Kun-woong

KIKI DE MONTPARNASSE
Catel & Bocquet

PETITES ÉCLIPSES
Fane & Jim

LE FILS
Ren Zheng-Hua

L'ALLIGATOR
Igort & Carlotto

5 EST LE NUMÉRO PARFAIT
Igort

AMÈRES SAISONS
Schréder

QUAND J'ÉTAIS STAR
Peyraud & Villard

SKIM
Mariko & Jillian Tamaki

LA VIE SECRÈTE (2 tomes)
Fredman

BLUE
Kiriko Nananam

MÂLE DE MER
Sorel & Villemin

SEPTEMBRE EN T'ATTENDANT
Torres & Choi

SWALLOW ME WHOLE
Nate Powell

L'ESPION DE STALINE
Isabel Kreitz